日本語檢定考試對策

1級・2級文法

詳 解

日本語能力測驗

副島勉　著

鴻儒堂出版社

前　言

　　不管在日本或是在台灣，到書店去一趟，站在日文書櫃前，就會發現書架上都擺滿纍纍的日文書。尤其日本語能力試驗的參考書，可選擇的書籍種類繁多，令人眼花繚亂，而且每本書都可以看出作者的鑽研和努力的精心傑作。由此可記現今日本語教育界是處於戰國時代的狀況也不爲過，似乎沒有新人可出頭的餘地。像這樣在競爭激烈的日本語教育界，如果沒有得到讀者的支持，也許不知不覺就被讀者所淘汰，而被新書取代。

　　但是，換言之，這意味者，只要能寫出吸引讀者的書，就能生存於這個競爭激烈的世界。那麼，什麼是能吸引讀者的書呢？筆者認爲 "能看得到筆者的臉的書" "能學到日本人價值觀的書" 這就是好書的條件。因爲出題基準的限制和能力檢定考試的性質的關係，文法書的內容大多大同小異、無法避開這種沒有獨特性的書；不管哪一本書都是司空見慣的老一套的例句。其實，日本語能力試驗的文法項目中，表示日本人的微妙的感情表現（モダリティー）的句型相當多。日本語教師似乎都忘掉了這個環節。

　　"能看到作者的臉的書" 和 "能學到日本人價值觀的書" 和 "能力試驗對策的書"，能全部具備也許是很困難的事。但是只有挑戰這個困難，才能知道該本書的眞正價值。在句子裡表達作者的精神和日本人的價值觀，這就是考驗作者的實力。到底能不能成功，就只能聽天由命了！

本書的特徵

1. 本書以日本語能力試驗「出題基準」＜改訂版＞1、2級的文法項目爲基本資料而編成。所收錄的句型總共有300個。

2. 如上所述的基本資料之中，因爲有些句型用法雷同會讓學習者感到困惑，因此筆者特別嚴格地分析說明。

3. 所收錄的例文盡量採用了又生動又有臨場感，能表達出日本人的價值觀的句子，有助於了解日本文化。

4. 考慮到學習的內容是否全盤理解，每個單元都附有練習問題。現行的日本語能力試驗沒有要求那麼詳細的文法知識，所以學習者可能會覺得太難。但是筆者認爲做完這些問題之後，學習者在日語句型方面一定會充滿自信去應試。

2006年2月10日　　筆者

まえがき

　日本でも台湾でも、恐らく状況は同じでしょう。ひとたび書店に足を運んで、日本語コーナーの前に立つと、実にさまざまな参考書や問題集や辞書が所狭しと並べられているのに驚きます。中でも日本語能力試験対策用の本は、選り取り見取り、百花繚乱、しかもどの本も作者の努力と工夫が窺える力作ばかりで、書棚を見る限り、日本語教育界は正に戦国時代の様相を呈していると言っても過言ではありません。新参者の出る幕などないでしょう。厳しい生存競争の世界です。うかうかしていると、読者の支持を得ない魅力のない本は知らないうちに淘汰され、本屋の書棚から姿を消し、次の新しい本に取って代わられることになりかねません。

　しかし、これも見方を変えれば、つまり、当たり前のことなのですが、読者を引き付ける魅力のある本を書きさえすれば、この下克上の世を生き残って行くことができるのです。それでは、読者を引き付ける魅力のある本とは何か。

　私がこの本で世に問うのは、"作者の顔が見える本"と"日本人の価値観が学べる本"です。市販の日本語能力試験対策用の文法書は、出題基準もある上、またその性質上、どうしても似たり寄ったりの没個性の本になりがちなのは避けられません。例文一つ取って見ても、どこかで見たことがあるような通り一遍の例文ばかりで、書いている作者本人が機械的に頭の中から吐き出していると思われても仕方がないようなものが多々あります。それを読まされる学習者は可哀想です。多くの日本語教師は日本語能力試験の文法項目の中に日本人の細やかな心情を表すモダリティーの文型がたくさんあることを忘れているのではないでしょうか。

　"作者の顔が見える本"と"日本人の価値観が学べる本"と"試験対策用の本"をすべて満足させるのは容易なことではないでしょう。しかしその難題に挑戦してこそ、その本の真価が問われるのです。一つの例文の中にどれだけ作者の顔と日本人の価値観を注入するか。執筆者の力量が問われるところです。それで成功すれば、よし。正に作者冥利に尽きるというものです。それがどこまで功を奏したか。あとは、盡人事聽天命 。

本書の特徴

1. 日本語能力試験「出題基準」＜改訂版＞１、２級の文法項目を基礎資料に作成し、用法を解説したもので、その特徴は文法解説の詳しさにあります。

2. 上記の基礎資料の中で、用法が類似して学習者にとって紛らわしい文法項目をできるだけ厳密に区別するよう努力しました。ただ、その区別と言っても、筆者の執筆時点で分析可能な区別であって、まだ勉強不足、説明不足のところが多くあるに違いありません。その点はこれからの課題にしたいと思います。

3. 掲げた例文は既存の参考書にありがちな無味乾燥な例文をできるだけ避けて、生き生きとした臨場感のあるもの、日本人の価値観を表して、日本人を理解する一助となるものを使うように努力しました。しかしそのため、例文が難解になり、１、２級出題基準以外の語彙も多く含まれたのはやむを得ないことでした。

4. 各単元に練習問題を附して、学習内容の定着を図るように配慮しましたが、現行の日本語能力試験では、これほど細かい区別が要求されることはありません。だから、学習者はかなり難しいと感じられるでしょう。しかし、これらの問題を解くことによって、少なくとも出題基準の文型に関しては自信を持って試験に臨むことができるものと確信しております。

2006年2月10日　　筆者

この本を使う前に

◆ 普通型

行く	行かない	行った	行かなかった
食べる	食べない	食べた	食べなかった
来る	来ない	来た	来なかった
する	しない	した	しなかった

大きい	大きくない	大きかった	大きくなかった
有名だ	有名じゃない	有名だった	有名じゃなかった
雨だ	雨じゃない	雨だった	雨じゃなかった

◆ 丁寧型

行きます	行きません	行きました	行きませんでした
食べます	食べません	食べました	食べませんでした
来ます	来ません	来ました	来ませんでした
します	しません	しました	しませんでした

大きいです	大きくないです	大きかったです	大きくなかったです
有名です	有名じゃありません	有名でした	有名じゃありませんでした
雨です	雨じゃありません	雨でした	雨じゃありませんでした

◆ 論文型

行く	行かない	行った	行かなかった
食べる	食べない	食べた	食べなかった
来る	来ない	来た	来なかった
する	しない	した	しなかった

大きい	大きくない	大きかった	大きくなかった
有名である	有名ではない	有名であった	有名ではなかった
雨である	雨ではない	雨であった	雨ではなかった

◆ 名詞修飾型

行く	行かない	行った	行かなかった
食べる	食べない	食べた	食べなかった
来る	来ない	来た	来なかった
する	しない	した	しなかった

大きい
有名な
雨の

◆ 名詞化型

$$\left.\begin{array}{l} 動詞・普通形 \\ い形・い \\ な形／名詞・な \end{array}\right\} +の（orん）$$

◆ **文法項目は青字で１級、黒字で２級を表示しています。**

目　次（五十音別）

1級：青字　　2級：黒字

6

9

【は】

目　次（項目別）

34．べきだ

35．恐れがある

36．かねない

37．ものだ

5．否定（Ⅰ）

2級	1級
38．得る／得ない	46．う（よう）にも～ない
39．がたい	47．べからず／べからざる
40．かねる	48．まじき
41．ようがない	49．を禁じ得ない
42．ことはない	
43．っこない	
44．に過ぎない	
45．ものではない	

6．否定（Ⅱ）

2級	1級
50．わけではない	56．ない（もの）でもない
51．というものではない	57．に（は）当たらない
52．どころではない	
53．ないことはない／ないこともない	
54．ざるを得ない	
55．まい	

7．附加・例示（Ⅰ）

2級	1級
58．上（に）	65．ただ～のみならず
59．に加えて	66．はおろか
60．のみならず	67．もさることながら
61．ばかりか	
62．ばかりで（は）なく	
62．だけで（は）なく	
63．はもちろん	
64．はもとより	

8. 附加・例示（Ⅱ）

2級	1級
68. も～ば～も	72. であれ～であれ
68. も～なら～も	73. と相まって
69. やら～やら	74. といい～といい
70. をはじめ	75. なり～なり
71. にしろ～にしろ	
71. にせよ～にせよ	

9. 時・場面

2級	1級
76. かける／かけだ	84. ところを
77. 際（に）	85. にあって
78. 最中（に）	
79. ところへ／ところに／ところで／ところを	
80. に当たって（は）	
81. において／における	
82. に際して（は）	
83. の上では／上（は）	

10. 状態・習慣

2級	1級
86. たびに	91. っぱなし
87. につけ（て）	92. ずくめ
88. のもとで／のもとに	93. ともなく／ともなしに
89. だらけ	94. ならでは（の）
90. ことになっている	95. まみれ／にまみれる
	96. をよそに

11. 比喩

2級	1級
97. かのようだ	103. ごとき／ごとく
98. くらい／ぐらい	104. とばかりに
99. げ	105. んばかりだ／んばかりに
100. ほどだ	106. めく／めいた
101. ほど～はない／くらい～はない	
102. ように／ような／ようで	

１２．原因・理由・目的・手段（Ｉ）

２級	１級
107．あまりに（も）	117．こととて
107．あまり（の）	118．とあって
108．以上（は）	
109．上は	
110．おかげで	
111．せいで	
112．からには	
113．ことから	
114．ことだから	
115．だけあって	
116．だけに／だけの	

１３．原因・理由・目的・手段（ＩＩ）

２級	１級
119．につき	127．べく
120．によって／による	128．ゆえ
121．ばかりに	129．んがために
122．もの／もん	130．をもって
123．をめぐって	
124．ように	
125．をきっかけに（して）	
126．を通じて／を通して	

１４．動作の前後関係

２級	１級
131．うちに	141．が早いか
131．ないうちに	142．なり
132．かと思ったら	143．や（否や）
132．かと思うと	144．を皮切りに
133．上で（の）／上の	144．を皮切りとして
134．次第	
135．て初めて	
136．に先立ち／に先立って	
137．か〜ないかのうちに	

２６．対比

２７．対象

1．限定・範囲(１)

1．～限り（の）　　　　　　盡量～／全部～

用法：動詞・辞書形／名詞・の＋限り

   ✍：程度達到極限之意。慣用表現比較多。

   例：力の限り、できる限り、見渡す限り、命の限り…

➤ 宿題はできる限り早く出してください。

➤ 力の限りがんばったが、合格しなかった。

➤ 180度見渡す限り、満天の星空だ。

➤ ある限りの智恵を絞って出した案だったが、却下されてしまった。

2．～限り（では）…　　　　　　在～範圍內・…

用法：動詞・辞書形、た形＋限りでは

   ✍：根據在～的範圍的消息，後文表示說話者的判斷或推測。

➤ 私が知る限り田中課長は独身のはずです。

➤ 素人が見た限りでは、たぶん本物だと思うでしょう。

➤ 本人の意見を聞いた限りでは、嘘は付いていないようです。

➤ この論文を読んだ限りでは、別に新しい見解は見られない。

3. 〜に限って… ～・決不…

用法：名詞＋に限って＋否定句

✍：說話者自信地說決不會有…的事情之意。

➤ 家の子に限って、人様の物を盗むようなことは絶対にございません。

➤ 我が社の商品に限って不良品が出ることはあり得ません。

➤ いくら人気がある店でも、平日の午後に限って、並ばなきゃなんないってことはないだろう。

➤ あの親切で真面目なご主人に限って、奥さんに暴力を振るうなんてことは考えられませんわ！

4. 〜（ない）限り（は） 只要～就…／沒有～就…

用法：名詞修飾型＋限り

✍：表示某種狀態繼續下去的話，就會發生後文的狀態。（暗示某種狀態不繼續下去的話，就不會產生後文的狀態）。

➤ 大黒柱のあなたがいる限り、家族は安心ですよ。

➤ 値段が安い限り、お客さんが減ることはないでしょう。

➤ 今の会社に勤めている限り、将来性はないと思ったほうがいいよ。

➤ 核を保有している限り、その抑止力は絶大だ。

用法：動詞・ない形＋ない限り

✍：沒有～就…／除非～否則就…（接否定形多）。

➤ 努力しない限り、成功は難しい。

➤ 社長が来ない限り、会議は開けない。

➤ 余程のことがない限り、父は怒らない。

➤ どちらかが譲歩しない限り、話し合いは平行線のままだ。

5. ～に限り　　　　　　　　　　只限於～

用法：名詞＋に限り

✍：只限制於～，特別…。

➤ 女性に限り、10パーセント割引きです。

➤ 先着100名様に限り、粗品を差し上げます。

➤ 平日は7時まで、土日に限り9時まで営業。

➤ 65歳以上の方に限り、入場料は無料です。

6. ～に限らず、　　　　　　　不限於～・還有…

用法：名詞＋に限らず

✍：不限於～的某種特定的範圍，還…也是…。

➤ この道は、土日に限らず平日でも渋滞している。

➤ 地震は東京だけに限らず、日本全域で発生する恐れがある。

➤ 彼の遅刻は今日に限らず、ほとんど毎日に及んでいる。

➤ 最近のアニメは、子供に限らず、大人も充分に楽しめるものだ。

7. ～に限る　　　　　　　　　最好～

用法：動詞・辞書形、ない形／名詞＋に限る

✍：最好是～之意。

➤ 風呂上りは冷たいビールに限る。

➤ 暑い夏、夏バテして、食欲がない時には、ニンニクたっぷりの料理を食べるに限ります。

➤ 日本で道に迷ったら、交番で聞くに限ります。

➤ 妻と喧嘩したら、先に謝るに限る。

---

8. ～を限りに…　　　　　　　　　　以～為最後的期限，…

用法：名詞＋を限りに

✎：（時間、期間詞）＋を限りに。以～為最後期限，以後都…。

➤ 今日を限りに、たばこを辞めるぞ。

➤ 20日の消印を限りに、受付を締め切ります。

➤ この同窓会は今回を限りに中止することになりました。

➤ 我が社は起業以来ずっと国内生産を行ってきましたが、2004年度を限りに、以後すべての国内生産を海外生産に転換します。

【練習問題１】

① 寒い冬には、あったかい鍋料理（　　　）。

② 力の（　　　）がんばったが、及ばなかった。

③ 愛煙家の彼は病気にでもなら（　　　）、たばこを止めないだろう。

④ 横綱貴乃花は、今場所（　　　）現役を引退することになった。

⑤ 最近は、なぜか休日の日（　　　）、よく雨が降る。

⑥ 彼の話を聞いた（　　　）、嘘はついていないようだ。

⑦ 彼は仕事（　　　）、何事にも几帳面だ。

⑧ 正会員（　　　）、このホームページを見ることができる。

a.ない限り	b.限りでは	c.に限り	d.に限って
e.に限ります	f.を限りに	g.に限らず	h.限り

2. 限定・範囲(Ⅱ)

	2級		1級
09.	から〜にかけて	16.	をおいて
10.	に渡って	17.	まで（のこと）だ
11.	（より）ほかない	18.	までもない
11.	しかない	18.	までもなく
12.	だけ	19.	にとどまらず
13.	を問わず		
14.	う（よう）か〜まいか		
15.	（っ）きり		

9. 〜から〜にかけて　　　　　　　從〜到〜

用法：名詞＋から＋名詞＋にかけて

　　：範囲＋から＋範囲＋にかけて

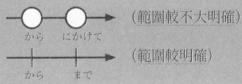

（範圍較不大明確）

（範圍較明確）

➤ 梅雨前線の影響で、九州南部から北部にかけて大雨の降る恐れがあります。

➤ 中学から高校にかけて反抗期が訪れる。

➤ 昨晩、深夜から未明にかけて数度の余震があった。

➤ 肩から腰にかけて大火傷を負った。

10. 〜に渡って　　　　　　　〜的範圍全部

用法：名詞＋にわたって

　　：期間、地區、事情等範圍的全部都是〜。

整個範圍

➤ 今朝、関東地方全域にわたって台風12号の暴風域に入りました。

➤ 彼は生涯にわたって、ボランティア活動に従事した。

➤ 今日、A社の全商品にわたって、保健所の立入検査が行われた。

➤ 成田空港で搭乗手続きの際、すべての所持品に渡って厳しく調べられた。

---

11. （より）ほかない／～しかない　　只有～／只好～

用法：動詞・辞書形／名詞＋しかない／（よりほかない）

✍：只有～／只好～（沒有別的選擇）。

➤ 今月の給料は15万円しかなかった。

➤ 試験の結果は補欠だったので、後は運を天に任せて待つしかない。

➤ 明日テストがあるが、何も準備していない。こうなったら山を掛けるしかない。

➤ 家は貧乏だから、留学したかったら、自分で働いて学費を稼ぐしかありません。

---

12. ～だけ　　　　　　　　　　盡可能地～／～的全部

用法：動詞・辞書形／い形・い／な形・な＋だけ

✍：盡可能地～／盡情地～。

➤ 彼は言いたいだけ言うと、さっさと出て行った。

➤ できるだけ早く返事をください。

➤ 知っているだけでいいですから、話してくれませんか。

➤ 皆さん、遠慮せずに食べたいだけ食べて、飲みたいだけ飲んでください。

---

13. ～を問わず　　　　　　　　不分～、不限～、無論～

用法：名詞＋を問わず

✍：慣用表現多。

➤ 申込者は性別を問いません。

➤ このボランティアには、老若男女を問わず、誰でも参加できます。

➤ オリンピック開催を1年後に控え、昼夜を問わず急ピッチで工事が行われている。

➤ 教育の重要性は洋の東西を問わない。

☞【慣用表現】

男女を問わず・学歴を問わず・経験を問わず・収入を問わず

年齢を問わず・出身を問わず・国籍を問わず・思想を問わず……。

14. 〜う（よう）か〜まいか　　　〜還是〜

用法：意向形＋か、辞書形＋まいか

✍：重複使用同一個動詞表示猶豫不決、左右不定的態度。

➤ 留学しようかするまいか、今迷っています。

➤ 今、会社を辞めようか辞めるまいかと悩んでいるところなんです。

➤ 社員旅行に行こうか行くまいか、まだ決めていません。

➤ この契約に同意しようかするまいか、考えているところです。

15. 〜（っ）きり…　　　　　　〜之後一直都…

用法：動詞・た形＋きり

✍：〜之後一直都…。多用在口語會話。後接否定較多。

➤ 慶子とは二年前に別れたきり、その後一度も会っていません。ほんとうです。嘘じゃありません。

➤ 息子は昨日の夜から自分の部屋に入ったきり、ずっと出て来ない。

➤ 彼は二十歳で故郷を離れたきり、その後行方知れずだ。

➤ 妻：隣りの山口さんちの勉君、今朝学校へ行ったっきり、まだ帰って来ないん

だってよ。どうしたのかしら。心配だわ。

夫：ええっ？ほんとうか。誘拐でもされたんじゃないのか。

16. 〜をおいて… 　　　　　　　除了〜之外就沒有…

用法：名詞＋をおいて

　✍：「〜をおいて＋否定文」的形式表示除了〜之外就沒有別的。

　　　另外「疑問詞＋をおいて＋も」的形式表示無論如何、不管怎樣。

➤ この仕事ができるのは、君をおいて他に誰もいない。

➤ アジアでリーダーシップを取れる国は日本をおいて他にないと思う。

➤ 鮫島君、君をおいて頼れる人が誰もいないんだ。頼むよ。

➤ 地震が起きたら、何をおいても先ずやらなければならないことは火を消すことだ。

17. 〜まで（のこと）だ 　　　　　只不過是〜而已

用法：動詞・普通形＋までのことだ／條件形＋それまでのことだ

　✍：只不過是〜而已，沒有別的意思之意。

➤ ちょっと心配になって電話したまでです。

➤ A：その料理の本、どうしたの？

　B：あっ、これ。安かったし、ちょっと興味があったから、買って見たまでなんだ。

➤ 怒らないでください。ちょっと気になって聞いたまでですから。

➤ 部下：今日の会議での先方の態度、少し高圧的だったと思いませんか。

　　　ちょっと気になったまでのことなんですが…

上司：それは僕もそう思ったけどね。でも大事なお得意さんだから大目に見て

やってくれよ。

18. 〜までもない／〜までもなく　　用不著〜／不用〜

用法：動詞・辞書形＋までもなく

✍：不必要特地做〜。

➢ 会社で一番大切なのは人材だということは、今更言うまでもない。

➢ 皆様、もうご存じなので、詳しいことは説明するまでもないと思いますから、
概略だけ説明します。

➢ 私は息子の大学の卒業式に、親が行くまでもないと思うけど、あなたはどう思
いますか。

➢ 語学の勉強で暗記が大切なことは、言うまでもないことだ。

19. 〜にとどまらず…　　　　　　不只限於〜・還有…

用法：動詞、い形・普通形／な形、名詞（＋である）＋にとどまらず

✍：不只限於此範圍或程度，還渉及到…。文章語。

➢ 彼の作品は絵画に止まらず、彫刻や版画にも及んでいる。

➢ 少子化は日本にとどまらず、世界の多くの国でも表れいる現象だ。

➢ 彼の名声は国内だけにとどまらず、広く世界中に認められている。

➢ 台風の被害は九州だけにとどまらず、四国や近畿地方にも及んでいる。

【練習問題２】

① この仕事は経験や学歴（　　　　）、誰でも応募することができます。

② 今更言う（　　　　）ことですが、旅行中はパスポートや現金には、くれぐれも
注意してください。

③ 遠慮しないで、お好きな（　　　）、召し上がってください。

④ 昨晩関東地方で、深夜から未明（　　　）、数回の余震があった。

⑤ 将来、我党を率いることができるのは、彼（　　　）他にいない。

⑥ 彼は一生涯（　　　）、生まれ故郷の島を離れることがなかった。

⑦ 前妻の里美とは、去年の大晦日に電話で話した（　　　）、連絡を取っていない。

⑧ 社員旅行に行こうか行く（　　　）、まだ迷っている。

⑨ リストラの波は大企業だけ（　　　）、中小企業にも及んでいる。

⑩ 旅行先で言葉が通じなかったので、ジェスチャーで話す（　　　）。

⑪ 先生：伊藤君、真面目に図書館で試験勉強かい。

　　伊藤：いいえ、あのう、辞書持ってないので、ちょっと調べに来た（　　　）

　　なんです。

a.まで	b.まいか	c.をおいて	d.にかけて
e.きり	f.に渡って	g.を問わず	h.しかなかった
i.だけ	j.までもない	k.にとどまらず	

36

3．判断・推量(Ⅰ)

	2級		1級
20.	に決まっている	26.	たる
21.	に違いない	27.	にたる
22.	に相違ない	28.	にたえる
23.	にほかならない	29.	にたえない
24.	わけがない	30.	にかたくない
25.	というものだ		

20. ～に決まっている　　　　　一定～／肯定～

用法：普通形＋に決まっている（名詞不加「の」）

✍：說話者充滿自信地主觀判斷或推測。只用在口語。

➢ こんな土砂降りなんだから、今日の試合は中止に決まってるよ。

➢ そんな無茶したら、体を壊すに決まってんじゃない。

➢ テスト中にそんなことしたら、先生に叱られるに決まってるよ。

➢ そんなに胡椒入れたら、辛いに決まってんじゃない。

21. ～に違いない　　　　　　　一定～

用法：普通形＋に違いない（名詞、な形は不加「だ」）

✍：說話者自信地判斷或推測，一定～或肯定～之意。

➢ 彼はきっと何か知っているに違いない。現場にいたんだから。

➢ 田中さんは立派な体格をしているから、若い時にスポーツをしていたに違いありません。

➢ 今日はやけに道が込んでいる。事故があったに違いない。

➤ 課長の機嫌がよくないから、会議で何かあったに違いないと思う。

22. 〜に相違（は）ない　　　　　　肯定〜／無非是〜

用法：普通形＋に違いない（名詞、な形は不加「だ」）

✍：説話者自信地斷定肯定〜。鄭重的説法。

➤ 彼が無罪であることに相違ない。

➤ 彼は日本を代表する文学者であることに相違ない。

➤ これはピカソが描いたデッサンに相違ないことが判明した。

➤ 相違なきよう、慎重に調査してくれ。

23. 〜に他ならない　　　　　　　正是〜

用法：名詞＋に他ならない

✍：正是〜。文章語。

➤ 茶道は日本文化の真髄にほかならないと思う。

➤ 彼の一生は、"努力"の一言にほかならない。

➤ 単独無酸素エベレスト登頂成功は、奇跡に他ならない。

➤ フリーターやニートの増加という現象は、ダイナミックに動く社会や経済の縮図に他ならない。

24. 〜わけがない　　　　　　　不可能〜／哪有〜

用法：名詞修飾型＋わけがない

✍：説話者主観的判斷（強烈主張）。口語用語。

➤ こんないい天気なのに、午後から雨が降るわけがないよ。

➤ あいつが1級能力試験に合格するわけないよ。

➤ 彼がこの事を知らないわけがないよ。だって、現場にいたんだから。

➤ A：宝くじ、当たった？

  B：当たるわけないだろ。一枚しか買ってないのに。

25. 〜というものだ　　　　　我實在認為是〜

用法：普通形＋と言うものだ

　✍：說話者提到前面事情，陳述自己感想、評價、批評等。

➤ 授業中に携帯電話を掛けるなんて、常識知らずというものだ。

➤ 女に振られたら、くよくよせず、きっぱりあきらめるのが、潔い男というもんだよ。

➤ 会社の経営状況が悪くなったら、すぐ給料をカットしたり社員を首にしたりする。それは全く会社側の論理というものだ。

➤ 仕事も家事も育児も全部女性がやらなければならないとしたら、それはあまりにも男性側の身勝手というものだ。

26. 〜たる　　　　　　　　身為〜的人（東西），應該…

用法：名詞＋たる

　✍：對於身為地位、立場、資格的人（組織）應具有〜之意。

➤ 一国の首相たるものは、軽々しく発言してはならない。

➤ 学生たるもの、勉強するのは当然のことだ。

➤ 会社の経営者たるものは最後まで責任を取るべきです。

➤ オリンピックの選手は、国家の代表たる意識で参加してもらいたい。

27. ～にたる　　　　　　　　　値得～

用法：動詞・辞書形／名詞＋に足る

✎：「尊敬」「賞賛」「信頼」等褒意動詞或名詞＋に足る＋名詞

➤ 彼は尊敬するに足る人物だ。

➤ 彼は首相に選ばれるに足る人物だと思う。

➤ 今回のテストの結果は満足するに足るものではなかった。

➤ A教授の研究業績は、ノーベル賞を受賞するに充分足るものであると思う。

28. ～にたえる　　　　　　　能耐～／値得～

用法：動詞・辞書形／名詞＋にたえる

✎：「鑑賞」「批判」「見る」「読む」等直覺動詞或名詞＋にたえる。

➤ コンピューターの48時間連続使用に耐えるバッテリーが開発された。

➤ サッカー選手は90分間の激しい運動に耐えるスタミナを持っていなければならない。

➤ これはプロの私の眼に十分たえる作品だ。

➤ 宮崎駿の作品は子供から大人まで幅広い層の人の鑑賞にたえる作品であると思う。

29. ～にたえない　　　　　　不堪～／不値得～

用法：動詞・辞書形＋にたえない

✎：「見る」「聞く」「読む」等直覺動詞＋にたえない。習慣用語多。

➤ 聞くに堪えないものすごい音痴だ。

➤ テレビで見るにたえない悲惨な事故現場を放送している。

➤ この論文、助詞も接続詞も目茶苦茶で、これ以上読むにたえない代物だ。

30. 〜に難くない	容易想像〜／不難〜

用法：想像（推測）＋に難くない

✍：慣用句。書面話。

➤ 何事にも我慢できない彼が、上司と喧嘩してどうしたか、想像に難くないであろう。

➤ 首相が選挙での大敗の責任を取って辞任することは想像にかたくない。

➤ 今回の政界の汚職事件が氷山の一角であることは想像にかたくない。

➤ 東京で大地震が起きたら、甚大な被害を受けることは想像に難くない。

【練習問題３】

① この靴は、あらゆる悪条件（　　　　）構造になっている。

② 私は日本語の助詞の用法は、正に日本語の生命（　　　　）と思う。

③ A：先輩、会社を辞めるんですか。

　B：ええ？俺が会社を辞めるって？そんなこと、誰に聞いたんだよ。

　　冗談（　　　　）だろ。

④ 彼がどんなに努力をしてこの栄冠を勝ち取ったか、想像（　　　　）。

⑤ お前んちの「イチ」が喋るって？犬が喋れる（　　　　）だろ。

⑥ 今回の彼の記録は、オリンピックの代表（　　　　）ものである。

⑦ 彼も現場にいたんだから、たぶん何か知っている（　　　　）と思う。

⑧ 本日、警視庁鑑識課の発表によりますと、現場に残されていた血痕が現在指名手配中の容疑者Aのもの（　　　　）ことが判明致しました。

⑨ "法の番人"とも称される裁判官（　　　　）者が、朝の通勤電車内で痴漢行為の現行犯で捕まるとは、なんとも情けない。

⑩ 今朝の朝刊に読む（　　　　）残酷な家庭内暴力事件の記事が載っていた。

⑪ いくら通りすがりの酔っ払いとは言え、車道で血を流して倒れているのを見捨てて立ち去るなんて、あまりにも薄情（　　　　）。

a.わけがない	b.たる	c.にたる	d.と言うものだ
e.にたえない	f.にたえる	g.に他ならない	h.に難くない
i.に違いない	j.に相違ない	k.に決まっている	

4．判断・推量(Ⅱ)

	2級	1級
31.	ことだ	なし
32.	ものか	
33.	にしては	
34.	べきだ	
35.	恐れがある	
36.	かねない	
37.	ものだ	

31．〜ことだ　　　　　　　　　　最好〜

用法：動詞・辞書形、ない形＋ことだ

✍：建議對方忠告之詞。

➤ 風邪を引いたら、すぐ薬を飲んで、早目に寝ることです。

➤ ダイエットしたかったら、定期的に運動して、油物をあまりたくさん食べない

　 ことです。

➤ 検定試験に合格したかったら、過去問を繰り返し復習することだ。

➤ 後悔したくなかったら、先生が言ったとおりにすることだ。それでも失敗した

　 ら、きっぱりあきらめることだ。

32．〜ものか　　　　　　　決不〜／哪有〜・反而

用法：名詞修飾型的非過去式＋ものか

✍：說話者自信地（含有反駁、不滿的感情）主張〜。只用在口語。

➤ こんな重いピアノがお前一人で運べるもんか。

43

➤ A：今度入社した杉山さん、真面目でしょう？

B：何が真面目なもんか。会議ではいつも居眠りしているよ。

➤ 今年中に東京に大地震が来るって？そんな事、絶対あるもんか。

➤ 姉：ねえ、あたしのケーキ、食べたでしょう？ないよ。

妹：食べるもんか。知らないよ。知るもんか。

33. ～にしては…　　　　　　　照～來說・算是…

用法：動詞・普通形／名詞＋にしては（但し、名詞は省略「だ」）

✍：根據～來判斷的話應該…，與常理有出入…。意外性大。

表示說話者的判斷、評價（褒貶都可）。請參考No236。

➤ この服、結婚披露宴用にしては、ちょっと地味だと思うわ。

➤ 田中君、中学一年生にしてはしっかりしている。

➤ ヨーロッパへ二週間？修学旅行にしては、ちょっと豪華すぎるんじゃないですか。

➤ 二時間前に出たにしては、あまりにも遅い。普通ならもう到着していなければならない。事故でもあったのかな。

34. ～べきだ　　　　　　　　　我認為應該～

用法：動詞・辞書形＋べきだ

✍：根據個人價值觀來判斷出・應該～之意。

➤ あなたが悪いのだから、先に謝るべきです。

➤ 車を運転する人は、もっと歩行者のことを考えるべきです。

➤ 私は、上司にはやはり敬語を使うべきだと思います。

➤ もっと多くの人が地球環境に関心を持つべきだと思います。

35. 〜恐れがある　　　　　　　　恐怖〜

用法：名詞修飾型＋恐れがある

 ✍：恐怖有〜的可能性。陳述客觀事情比較合適。個人的事情不大合適。鄭
　　　重的説法。

➤ 大雪の後の晴天は、雪崩が発生する恐れがある。

➤ 台風18号はこのまま進むと、九州南部に上陸する恐れが出てきました。

➤ 日本の年金制度は将来崩壊する恐れがあると言われている。

➤ 地球の温暖化は更に進む恐れがある。

✌　　「恐れがあります」「かもしれません」　✌

{
私は今年、検定試験に合格しない恐れがります。　　　（×個人的）

私は今年、検定試験に合格しないかもしれません。　（○個人的）
}

---

36. 〜かねない　　　　　　　　恐怖發生〜

用法：動詞・ます形＋かねない

 ✍：恐怖發生〜不好的結果。貶意。

➤ 自分勝手な彼なら、やりかねない事だ。

➤ そんな事したら、社長が怒りかねない。

➤ 政府の度重なる政策変更は、国民に不安を与えかねない。

➤ この番組は視聴者に悪い影響を与えかねないと言うことで、放映禁止になって

しまった。

37. ～ものだ　　　　　　　　　　　　應該～

用法：動詞・辞書形、ない形／い形・い／な形・な＋ものだ

🖎：根據人生的客觀眞理或社會常識、道理、價值觀來判斷出，應該～之意。「もんだ」是口語的形式。

➤ 人と会ったら、挨拶するものだ。

➤ 宿題は自分でするものだ。人に手伝ってもらってするものではない。

➤ 太郎、自分の部屋は自分で片付けるもんでしょう。

➤ 昔は、男は外へ出て働くもので、女は家で夫や子供のために家事をするものだとされていたが、今はそうとは限らない。

【練習問題４】

① 今年はインフルエンザが大流行する（　　　）そうだ。

② 彼女、専業主婦で二児の母（　　　）、あまり所帯じみていない。

③ Ｋ氏は学歴詐称という不名誉な罪を犯したのだから、衆議院議員を即刻辞職する（　　　）と私は思う。

④ 暑中見舞いは立秋前に出す（　　　）。立秋を過ぎたら、残暑見舞いになります。

⑤ 今回のＭ社のリコール問題は、徹底的に原因を究明して抜本的対策を講じないと、再び起き（　　　）ほどの重大な問題である。

⑥ 若い時は結婚なんか絶対にする（　　　）と思っていたが、婚期を過ぎると、周りの目がうるさくて、独り身はやはり肩身が狭いと思うことがある。

⑦ 地震が起きたら、とにかく先ず火を消す（　　　）。

a.もんか	b.かねない	c.ものです	d.べきだ
e.にしては	f.ことです	g.恐れがある	

5．否定（Ⅰ）

2級	1級
38．得る／得ない	46．う（よう）にも～ない
39．がたい	47．べからず／べからざる
40．かねる	48．まじき
41．ようがない	49．を禁じ得ない
42．ことはない	
43．っこない	
44．に過ぎない	
45．ものではない	

38．～得る／～得ない　　　　有可能～／不可能～

用法：動詞・ます形＋得る（得る）／得ない

🖋：有可能～／不可能～。

➤ あんな気の優しい彼が上司を殴るなんて、まずあり得ないことだ。

➤ 近い将来、関東地方で大地震が起こり得ると思いますか。

➤ これが今我が社が援助し得る最大の金額です。

➤ でき得ることはすべてやりました。後は天命を待つだけです。

39．～がたい　　　　　　難以～

用法：動詞・ます形＋がたい

🖋：很難做到～。（個人或客觀的事情都可接）。慣用表現比較多。

「信じがたい」「捨てがたい」「埋めがたい」「近づきがたい」「避けがたい」「如何ともしがたい」「動かしがたい」等。

➤ こんな事、本人の前では言い難い。

➤ 彼が現場にいた事は、動かしがたい事実である。

➤ 今回の先方の要求は、ちょっと受け入れ難いものがある。

➤ 当時は危険を予知しがたい状況にあった。

➤ 然れども、朕は時運の趨く所、堪え難きを堪え、忍び難きを忍び、以って万世の為に太平を開かんと欲す。（玉音放送）

40. 〜かねる　　　　　　　　　　難以〜

用法：ます形＋かねる

✍：要決定某種事情時，心理覺得很難做到之意。

　　另外委婉的謝絕（店員對客人等）時也可以用。

➤ いくら仲のいい友人でも、お金の話はなかなか言いかねる。

➤ 彼女は育児の苦労に耐えかねて、自殺してしまった。

➤ 両者の力が拮抗していて、容易に優劣を下しかねる。

➤ お客さまの御要望には答えかねます。

➤ 私どもでは分かりかねますので、担当の者に代わります。

41. 〜ようがない　　　　　　　　無法實踐〜

用法：ます形＋ようがない

✍：想做…，但是因爲某種原因所以無法實踐。

➤ 家にはコンピューターがないので、インターネットをしようがない。

➤ 結婚しようにも、相手がいなけりゃ結婚しようがないよ。

➤ 彼は全く聞く耳を持たないのだから、説得しようがない。

➤ 私の部屋はワンルーム・マンションで、台所がないので、何か料理を作りたくても、作りようがない。

42. 〜ことはない　　　　不必〜

用法：動詞・辞書形＋ことはない

✍：表示對對方的建議、忠告比較多。陳述客觀事實的句子不大合適。

➢ 明日のテスト、そんなに心配することはないよ。難しくないから。

➢ こんなことで怒ることはないだろう。

➢ まだ時間があるから、そんなに急ぐことはないよ。

➢ 信号無視?　驚くことはありませんよ。この国では日常茶飯事ですから。

43. 〜っこない　　　　決不〜

用法：動詞・ます形＋っこない

✍：說話者個人的主觀判斷，哪能〜。只用在口語會話裡。

➢ こんなにたくさんの宿題、明日までにできっこないよ。

➢ こんな重い物、あたしに持てっこないでしょ。あんた、持ってよ。

➢ 鮫島が東大に入ったって？まさか！あんな馬鹿が東大に入りっこねえだろ。

きっと何かの間違いだよ。

➢ 今年の社員旅行、全額本人負担だって？そんなことになったら、誰も行きっこ

ないよ。

44. 〜に過ぎない　　　　只是〜而已

用法：普通形＋に過ぎない（名詞、な形は不加「だ」）

✍：只不過是〜而已。

➢ 私は平凡な会社の平凡な平社員に過ぎません。

➢ 宝くじが当たったと言っても、2000円に過ぎません。

➢ 私の盆栽は単なる趣味に過ぎませんが、もう30年も続けています。

➤ さっきの部長の話、単なる冗談に過ぎないよ。真に受けないほうがいいよ。

45. ～ものではない　　　　　　不應該～

用法：動詞・辞書形＋ものではない

　　✍：向對方提出忠告不應該做～之意。請參考No37「ものだ」。

➤ 子供がこんな雑誌を読むもんじゃない。
➤ 先生：おい！そこの小島！何やってんだ。授業中に弁当食べるもんじゃないだ
ろう。
➤ 普通、夜中に電話を掛けるものではありません。
➤ 宿題は自分でするものです。人にやってもらうものじゃありません。

46. ～う（よう）にも…ない　　　　即使想～也不能…

用法：意向形＋にも＋可能形否定

　　✍：即使想～（因爲…），也不能…。

➤ 家へ帰ろうにも、この土砂降りの雨じゃ、帰れない。
➤ 商売しようにも元手がなくてはできない。
➤ 転職しようにも、この不景気じゃ、いい仕事も見つからない。
➤ 休暇を取ろうにも、仕事が忙しくて取りようがない。

47. ～べからず／～べからざる　　　勿～／不許～

用法：辞書形＋べからず。／べからざる＋名詞

　　　（する→すべからずorするべからず）

　　✍：表示禁止。常用在招牌、佈告上。書面語。

➤ 「芝生に入るべからず」

➤ 「土足厳禁」とは、土足で入るべからず、つまり靴を履いたまま部屋に入るな
と言う意味です。

➤ 今の時代、「男子厨房に入るべからず」なんて、もう時代遅れですよ。

➤ 今回の首相の発言は、一政治家として言うべからざるものだったと思う。

---

48. 〜まじき　　　　　　　　不應該有的〜／不相稱的〜

用法：動詞・辞書形＋まじき

✍：〜まじき＋名詞。書面語。常用「あるまじき〜」。

➤ 学生に金を借りるなど、教師としてあるまじき行為だ。

➤ 現代社会には、子供の見るまじき情報が氾濫している。

➤ 列に割り込むとは、紳士としてあるまじき行為だ。

➤ 無差別テロは絶対に許すまじき行為である。

---

49. 〜を禁じ得ない　　　　　　　禁不住〜／控制不住〜

用法：名詞＋を禁じえない

✍：感情語＋を禁じ得ない。書面語。

➤ 祖母の戦争時代の話は家族の者の涙を禁じ得なかった。

➤ 度重なる政治家の汚職事件に、国民は怒りを禁じ得ない。

➤ 罪のない善良な市民を標的にする同時多発テロと言う手段には、憤りを禁じ得
ない。

➤ 東京の下町からだんだん昔の温かい人情味がなくなっていく。何か寂しさを禁
じ得ないものがある。

① 私は父に、高校生がアルバイトなんかする（　　　）と言われた。

② 国民の公僕とも言われる公務員が公金を横領して私腹を肥やすなんて、絶対に許す（　　　）行為だ。

③ 転職（　　　）、この年齢ではなかなかいい仕事も見つからない。

④ 家庭内の問題は、他人には如何とも（　　　）難しい問題だ。

⑤ 妹夫婦の離婚話に、姉として始めは事態を静観していたが、最後は見るに見（　　　）、仲裁に入った。

⑥ 今の自衛隊が将来軍隊化する可能性があり（　　　）と思いますか。

⑦ 心配する（　　　）ですよ。彼ももう大人なんですから。

⑧ お前に腕立て伏せ100回できる？でき（　　　）よ。

⑨ 関係者以外は立ち入る（　　　）。

⑩ 衣食住は人間の生活に欠く（　　　）ものだ。

⑪ 度重なる政治家の脱税事件には国民の誰もが怒り（　　　）だろう。

⑫ この問題、難かし過ぎて、手のつけ（　　　）。

⑬ この流行は、単なる一過性の現象（　　　）と思う。

a.に過ぎない	b.べからず	c.べからざる	d.得る
e.ことはない	f.もんじゃない	g.しようにも	h.まじき
i.しがたい	j.っこない	k.を禁じ得ない	l.ようがない
m.かねて			

6. 否定（Ⅱ）

2級	1級
50. わけではない	56. ない（もの）でもない
51. というものではない	57. に（は）当たらない
52. どころではない	
53. ないことはない／ないこともない	
54. ざるを得ない	
55. まい	

50. ～わけではない　　　未必～／並非～

用法：名詞修飾型＋わけでもない

✍：個人的事情或判斷比較合適。雖然～但是…後文表示或暗示辯解、藉口等語氣。

➢ いつも外食しているわけじゃありません。たまには自炊しますよ。

➢ この店、値段が安いからと言って、味が落ちるわけではありませんよ。

➢ 転職したくないわけじゃないけど、いい仕事がなくて……。

➢ A：このケーキ、おいしいわよ。嫌いなの？

　 B：いえ、別に嫌いなわけじゃないけど…。

51. ～というものではない　　　不能說～／不一定說～

用法：普通形型＋というものではない

✍：說話者的評價、判斷。

➢ 人に迷惑をかけなければ、何でもしていいというものではない。

➢ 謝れば済むというもんじゃないんだよ。

➤ 商品は値段が安ければいいというものではない。品質も大事だ。

➤ 最近の女性はよくダイエットをしているようですが、私は単に痩せればいいというものではないと思います。

---

52. ～どころではない　　　　　不是～的時候

用法：動詞・辞書形／名詞＋どころではない

　　意：不是～的時候／怎麼能～之意。

➤ 今は卒論の提出期限の直前で、サークル活動どころではない。

➤ 今週末は、仕事が忙しくて、彼女とデートどころではない。

➤ 隆史、のんびりテレビなんか見てるどころじゃないでしょ。明日試験なんだから。

➤ 都会には、人のことなんか構っているどころではない、自分のことで精一杯だという人が多い。

---

53. ～ないことはない／ないこともない　　　　並非不～

用法：動詞・ない形＋ないことはない

　　意：表示委婉、消極的肯定。並非不～（暗示也有～的可能性）。

　　　　個人的事情或個人之外的客觀事情也可以用。

➤ 酒が飲めないことはないが、あまり好きじゃない。

➤ 彼は日本留学経験があるから、英語が全然話せないことはないはずです。

➤ 結婚のこと、考えないこともないけど、今は仕事が優先ですね。

➤ 沖縄でも雪が降らないことはありませんが、積もることはありません。

---

54. ～ざるを得ない　　　　　不得不～

用法：動詞・ない形＋ざるをえない（する　→　せざるを得ない）

△：雖然不想做～，但因爲某種理由不得不做～（沒有其他的選擇）。

　　陳述個人的事情。強制力大。

➤ 父の急死で、大学を二年で辞めざるを得なくなった。

➤ 帰国のチケットが満席だったので、キャンセル待ちせざるを得ない。

➤ みんなに秘密がばれたので、本当のことを言わざるを得なくなった。

➤ この仕事、お得意さんのたっての願いだから、引き受けざるを得ない。

---

55. ～まい　　　　　　　　1. 決不～　2. 不會～吧！

1. 決不～

用法：辞書形＋まい

△：表示說話者的否定意志。

➤ もう恋なんか二度とするまい。

➤ 今度の事件のこと、他の人には話すまいと思ってたけど、親友のあなただけに

話すわ。

➤ 二日酔いになる度に、もう絶対酒を飲むまいと思うのだが、またついつい飲ん

でしまう。

➤ 彼をずっと信用していたが、結局裏切られてしまった。今後彼とは絶対に付き

合うまい。

---

2. 不會～吧！

用法：動詞・辞書形＋まい

△：表示說話者否定的推測或判斷。文章語。

➤ 日本が核を保有することは、まずあるまいと思う。

➤ あんなに一生懸命勉強していたし、準備も充分だったから、彼が試験に失敗することは絶対にあるまい。

➤ 残念ながら、地球上から戦争がなくなることはあるまい。

➤ 子供は親がどんなに心配しているかなんて、きっと知るまい。

56. 〜ない（もの）でもない　　　也不是不〜

用法：動詞・ない形＋ないものでもない

✍：表示委婉的肯定。個人的喜好、興趣、習慣方面的事情比較合適。

➤ 歌はあまり好きじゃないが、気分がいい時には歌わないでもない。

➤ 英語ですか。そうですね。別に話せないでもないんですが、あまり話すチャンスがありません。

➤ 家で料理を作らないでもないんですが、なかなか時間がなくて……。

➤ 一郎：僕、毎晩寝る前にワインを少し飲むんですけど。秀喜さんはお酒は飲まないんですか。

　　秀喜：お酒ですか。そうですね、薦められれば飲まないでもないんですが、特に好きだと言うわけじゃありませんね。

✌　「ことはない」「ものでもない」　✌

{　この国では、生魚を食べないことはないが、一部の人たちだけです。　（○）
　この国では、生魚を食べないものでもないが、一部の人たちだけです。　（×）

57. 〜に（は）当たらない　　　不値得〜／不必〜

用法：動詞・辞書形／名詞＋に当たらない

✍：前面接「驚く」「賞賛する」「感心する」「心配する」等的感情動詞比較多。

➤ 母が子供の日記をこっそり見るのは、犯罪には当たらないけど、いいことではないと思う。

➤ 息子が大学に合格したけど、別に褒めるには当たりませんよ。だって５浪ですから。

➤ 今年も留年生が２割もいるけど、この学部じゃ別に驚くには当たりませんよ。

➤ 彼は金メダルをもらうには当たらない選手だ。ドーピングで陽性反応が出たのだ。

【練習問題６】

① バイクの二人乗りや三人乗りを見ても、驚く（　　　　）。この国ではよくあることです。

② 納豆は別に嫌いな（　　　　）んですけど、あまり食べませんね。

③ 今年の忘年会、絶対行く（　　　　）。去年行って懲りたから。

④ 宿題は出せばいい（　　　　）。答えも合わなければ。

⑤ 在庫が全くなくなったので、注文を断ら（　　　　）。

⑥ 新聞は読ま（　　　　）んですが、あまり自分では買いませんね。インターネットで間に合いますから。

⑦ いわゆる"ベジタリアン"と言ってもいろいろで、人によっては魚や卵を食べ（　　　　）。

⑧ 今日から歳末大売出しが始まるせいか、デパートはものすごい混雑で、のんびりウインドー・ショッピング（　　　　）。

a.わけではない	b.まい	c.どころではない
d.ないこともない	e.には当たりません	f.ないでもない
g.と言うものではない	h.ざるを得ない	

7. 附加・例示（I）

58. 〜上（に）…　　　　　　　　〜・加上…

用法：名詞修飾型＋上（に）

✍：〜而且…／再加上…。後文接表示狀態的句子，不能接意志文。

➤ 今日は連休の上に好天気とあって、行楽地はすごい人出だ。

➤ 彼女は頭もいい上に顔立ちも整っている。才色兼備を絵に描いたような女性だ。

➤ 日本語は助詞の使い方が複雑な上に、文法上の制限も多いと思う。

➤ 「地大物博」とは、土地も広くて、その上資源も豊かだと言う意味です。

59. 〜に加えて　　　　　　　　再加上〜

用法：名詞＋に加えて

✍：累加同類的事情，負擔很重之意。

➤ 熱に加えて、激しい咳が出て来た。

➤ 長文の読解には単語力や文法力に加えて、文の分析力が要求される。

➤ 家賃の値上げに加えて、子供の学費の増加で、家計は苦しくなるばかりだ。

➤ 今月はアメリカへの出張に加えて、新製品の販売会議、顧客へのプレゼンテーションと大忙しだ。

---

60. ～のみならず　　　　　不僅如此～・而且

用法：動詞・普通形／い形・い／な形、名詞（である）＋のみならず

✍：後文發生比前文事情更程度大的事情。文章語。

➤ 水不足は四国のみならず、九州地方にも広がっている。

➤ 彼は交通事故を起こして警察への届けを怠ったのみならず、現場から逃走してしまった。

➤ この地方は自然が豊かであるのみならず、人情に厚い所でもある。

➤ 某県出納長の彼は公金を横領したのみならず、その金をラスベガスのカジノで使い果たし、すってんてんになったそうだ。

---

61. ～ばかりか～　　　　　不但～・就連～都

用法：動詞・普通形／い形・い／な形、名詞（である）＋ばかりか

✍：句子的內容貶意多。後文不能接意志文。

➤ A氏ばかりかB氏もC氏も政界から引退するらしい。

➤ この店は味が悪いばかりか、値段も高い。

➤ 日本の夏は気温ばかりか湿度も高いので、過ごしにくい。

➤ 家の女房は尻ばかりか、声もでかい。

---

62. ～ばかりで（は）なく／だけで（は）なく　　不但～・～也

用法：動詞・普通形／い形・い／な形、名詞（である）＋ばかりでなく

✍：後文可接命令、強制的意志文。

➤ この映画は国内ばかりでなく海外でもとても人気がある。

➤ 今度のパーティー、友達だけじゃなく先生も呼びましょう。

➤ 私は日本ばかりでなく他のアジアの国々の文化についても興味があります。

➤ 彼女は中学校の教師であるばかりでなく、一家の主婦でもある。

✌ 「ばかりか」「ばかりでなく」 ✌

$\Bigg\{$ 文法ばかりか、単語も覚えましょう。 （意志文×）
文法ばかりでなく、単語も覚えましょう。 （意志文○）

---

63. 〜はもちろん　　　　　當然不用說〜

用法：名詞＋はもちろん

✍：陳述單純事實較合適。

➤ 平日はもちろん、土日も午後5時まで営業いたします。

➤ 彼は英語はもちろん、日本語も中国語も上手に話せる。

➤ 日本では野球はもちろん、サッカーや相撲なども人気があります。

➤ 面接では自己紹介するのはもちろん、大学院での研究計画についても聞かれます。

64. 〜はもとより　　　　　當然不用說〜

用法：名詞＋はもとより

✍：不僅如此，還更重要的是…。重點在後文。文章語。

➤ この映画は子供はもとより、世代を越えた老若男女にも人気がある。

➤ このシンポジウムには日本国内はもとより、世界の多くの国々からも学者が参加している。

➤ 文の解釈は文法の知識はもとより、文脈からの判断も大切だ。

➤ 渡辺ゼミでは現代の資料はもとより、近代や中世の文献も扱います。

65. （ただ）〜のみならず　　　　不僅如此〜・而且

用法：動詞・普通形／い形・い／な形、名詞（である）＋のみならず

✍：不僅〜還涉及到更大的範圍〜之意。文章語。用法與No60相同。

➤ 本人のみならず、他のすべての人にも責任がある。

➤ アメリカのみならず、世界の国々とも手を結ばなければならない。

➤ 経済不況はただ国内のみならず、全世界に及ぶ恐れがある。

➤ 彼女は日本の文化に全く興味を示さないのみならず、露骨に嫌悪感さえ表した。

66. 〜はおろか…　　　　　　　不用說〜就連…也

用法：名詞＋はおろか

✍：說話者含有驚訝、不滿等感情說。

➤ 私のアパートには台所はおろか風呂場さえない。

➤ 彼は英語はおろか母語の日本語さえろくに話せない。

➤ この旧家の調度品は、家具やインテリアはおろか、細かい食器類までも骨董価値がある。

➤ 都会の人は人と会っても挨拶どころか、相手の顔さえ見ようとしない。

67. 〜もさることながら、　　　　〜也是…・而〜更是…

用法：名詞＋もさることながら

✍：說話者含有驚訝、不滿等感情說。

(A+B)C=AC+BC。A也是C，B也是C。AもさることながらBもCだ。

➤ この料理は味もさることながら、栄養も豊富だ。

➤ 世界各地で起きている民族紛争もさることながら、地球の温暖化現象も重要な課題だ。

➤ 彼の家族は両親もさることながら、子供も全部東大卒だ。

➤ この地方は風景もさることながら、食べ物も人の心もすばらしい。

【練習問題7】

① 突然風が吹き出した。それに（　　　　）更に雨脚も強くなって来た。

② 黄さん（　　　　）、楊さんも李さんも試験に合格できなかった。

③ なんと彼は授業に筆記用具は（　　　　）、教科書さえ持って来ない、とんでもない学生だ。

④ 肉（　　　　）野菜も食べなさいよ。

⑤ Ａ社が短期間でこのように急成長を遂げた要因は、経営者の優れた先見性も（　　　　）、全社員のチームワークとたゆまぬ努力の積み重ねであろう。

⑥ 送別会の当事者ですから、田中さんは（　　　　）ですが、それ以外に鈴木課長や杉本常務もいらっしゃるそうですよ。

⑦ 彼は生涯に渡って福祉事業に尽くした（　　　　）、私財を投げうって交通遺児基金の設立に貢献した。

⑧ この事件は当事者は（　　　　）、周囲の人にも大きな影響を与えた。

⑨ 東京は人も車も多い。その（　　　　）物価も高いし毎日の生活のテンポも速そうだ。田舎者の私が住む所ではない。

a.のみならず	b.ばかりか	c.だけじゃなく
d.もちろん	e.上	f.さることながら
g.おろか	h.加えて	i.もとより

8. 附加・例示（II）

68. ～も～ば～も～／～も～なら～も　　不但～・～也～

用法：名詞1＋も＋条件形、名詞2＋も…

✍：名詞1也是～，名詞2也是～。

➤ 日本の秋は気候もよければ食べ物もおいしい。

➤ 田中君は頭も切れればスポーツも万能だ。

➤ この国は資源も豊富なら市場も広大だ。

➤ 豆腐というのは、値段も安ければ栄養も豊富だ。それに料理もしやすくて、家庭料理には欠かせない食材だと思う。

69. ～やら～やら　　　　　　　～啦～啦

用法：動詞・辞書形／い形・い／名詞・（の）＋やら

✍：東西或數量很多（列舉同類的詞表示這樣那樣真夠糟之意）。

➤ 今月は会議やら出張やらで大忙しだった。

➤ 机の上には、本やら筆記具やら書類やらが乱雑に置かれている。

➤ 家庭の主婦も、毎日炊事やら洗濯やら掃除やらで大変なんですよ。

➢ 今日は、朝寝坊するやら、駅の階段で転ぶやら、会社に着いたら課長に叱られるやら、散々な一日だった。

70. ～をはじめ　　　　　　　　　以～為首

用法：名詞＋をはじめ

✍：以某事物做代表、例子，後面例舉同類的東西。

➢ 現在「ASEAN」にはインドネシアをはじめ、タイやフィリピンなど合計十カ国が加盟している。

➢ 今回の台風で、九州をはじめ、四国、中国、近畿地方でも大きな被害を受けた。

➢ 留学中は保証人をはじめ、ホームスティのご家族の方々、大学の先生、及びクラスメートたちに大変お世話になりました。

71. ～にしろ～にしろ／～にせよ～にせよ　　不論～或～・還是…

用法：普通形＋にしろ（名詞、な形は不加「だ」or＋である）

✍：例舉同類的事情或相反詞。後文的內容是說話者的判斷。

➢ 平日にしろ休日にしろ、この店は年中無休です。

➢ 音楽にしろ絵画にしろ、いわゆる芸術というものは、人の心に訴えかける何かがなければならない。

➢ パーティーに参加するにしろしないにしろ、会費は払ってください。

➢ 結婚招待状をもらったら、欠席するにしろ出席するにしろ、とにかく返信用の葉書を出すのがマナーだ。

72. ～であれ～であれ　　　　無論～還是～

用法：名詞or名詞化＋であれ

✍：哪一種場合都一樣～之意。

➤ 社員旅行に行くのであれ行かないのであれ、返事は早目にお願いします。

➤ 芸術であれスポーツであれ、どれもその国の文化を反映している。

➤ 英語であれ日本語であれ、語学は暗記と根気と年季が必要だ。

➤ アマチュアであれプロフェッショナルであれ、スポーツ選手の薬物使用は決して許されることではない。

73. ～と相まって　　　　跟～互相作用

用法：名詞＋と相まって

✍：A跟B兩個東西互相作用，發生後面的事情之意。

➤ 今年の大型連休は、全国的な好天と相まって、各地のテーマパークは大変な人出だったようです。

➤ 集中豪雨は山の地形と相まって、ものすごい土石流となって人家を襲った。

➤ 第二次世界大戦後、日本の大量生産型の企業は時代の要求と相まって、急速に発展した。

➤ 台風は南からの暖かい風と相まって、一段と強さを増した。

74. ～といい～といい　　　　～也好～也好

用法：名詞＋といい、名詞＋といい

✍：例舉同類的事情，說話者判斷或評價該事情是怎樣之意。

　　後文不能接意志文。

➤ この料理は、味付けといい盛り付けといい、申し分のない出来栄えだ。

➤ 景気の低迷といい、政治家の汚職といい、学校でのいじめといい、最近はどれもこれも暗いニュースばかりだ。

➤ 容姿といい声といい、新人の川島君が受付嬢に持って来いだ。

➤ 今の県知事、言うことといいやることといい、全く県民を馬鹿にしていると思いませんか。

75. ～なり～なり　　　　　　　　　　～也好～也好

用法：辞書形／名詞（＋助詞）／＋なり

✍：後文句的內容表示說話者向對方的建議、要求、忠告等。

➤ わからない時には、辞書で調べるなり、先生に聞くなりしなさい。

➤ 留学中何か困った時は、自分一人で悩まないで、学校の先生なり友人なりに相談した方がいい。

➤ 学生時代は、何かのサークルなりボランティアなりに参加して、有意義に過ごして欲しい。

➤ 人は誰でも大なり小なり欠点がある。

【練習問題8】

① 彼はすること（　　　）言うこと（　　　）、でたらめばかりだ。

② この島は暖流の影響で気候も温暖（　　　）住んでいる島民の気性も穏やかで人懐っこい。

③ 将来会社に就職する（　　　）大学院に進学する（　　　）、いずれにしても、英語は必須だと思います。

④ 週の始めは、会議（　　　）顧客からの注文（　　　）がたくさんあって、終日忙しい。

⑤ 彼の天性の才能がたゆまぬ努力（　　　　　）この偉大な傑作が生まれたのである。

⑥ レオナルド・ダヴィンチは絵画（　　　　　）、彫刻や建築や科学の分野でも活躍した天才的な人物であった。

⑦ 風邪を引いたら、薬を飲む（　　　　　）病院へ行って注射を打ってもらう（　　　　　）して早目に対処した方がいい。

⑧ ビール（　　　）日本酒（　　　）、お酒は飲み過ぎると体によくない。

a.やら〜やら	b.にしろ〜にしろ	c.であれ〜であれ
d.なり〜なり	e.といい〜といい	f.と相まって
g.をはじめ	h.なら	

9. 時・場面

2級	1級
76. かける／かけだ	84. ところを
77. 際（に）／際は	85. にあって
78. 最中（に）	
79. ところへ／ところに／ところで／ところを	
80. に当たって（は）	
81. において／における	
82. に際して（は）	
83. の上では／上（は）	

76. ～かける／～かけだ　　　　剛開始不久／做到一半

用法：動詞・ます形＋かける／かけだ

✐：表示某種動作剛開始的時候或途中。

➤ 机の上に書きかけの手紙がある。

➤ 彼は仕事をやりかけたまま、どこかへ行ってしまった。

➤ 乗り掛かった船だ。最後までやろう。

➤ 今朝、出掛けに実家の母から電話が掛かって来た。

77. ～際（に）／際は　　　　～的時候，…

用法：動詞・普通形／名詞・の＋際

✐：～的時候（≒時に）的鄭重的說法。

➤ 緊急の際には、このボタンを押してください。

➤ 住所変更の際は、必ず当該市役所へ届けを出してください。

➤ これから地震が起きた際の心得についてご説明いたします。

68

➤ 入国審査の際には、パスポートをカバーから外してください。

78.～最中（に）　　　　　正在～的時候

用法：動詞・て形＋いる／名詞・の＋最中に

✍：在某個狀態進行的時候突然發生另一個事情。

➤ 食事の最中に訪問したら、相手に失礼だ。

➤ 会議の最中、突然地震が起きて、会場が大混乱になった。

➤ 先生が授業をしている最中に、携帯電話を掛けるとは何事ですか。

➤ 議論の最中に口を挟んで申し訳ないんですが、私にも一言言わせてください。

79.～ところへ（に）／ところで／ところを　　在～的時候

用法：動詞・辞書形、て形・いる、た形＋ところ

✍：　動詞 { 辞書形 / て形＋いる / た形 } ①正要～的時候 / ②正在～的時候 / ③剛做完～的時候

※基本的意思是後文會發生把現狀停止或改變的事情

➤ 退社するところを、上司に残業してくれと頼まれた。

➤ 深夜寝ているところへ、実家の母から電話が掛かって来てびっくりした。

➤ これから飛行機が離陸しようとするところで、突然機体が激しく揺れて、失速した。ああ、もう終わりだ！

～ところに（へ）＋移動動詞（来ます等）

➤ お食事のところへ伺っては失礼でしょう。

➤ 出かけようとしたところに、電話のベルが鳴った。

➤ 試験に失敗して落ち込んでいるところへ、友人からの励ましのメールが来た。

～ところで ＋…在～的狀態（動作、地點、時刻等）發生別的事情，或用於與前面的話題不同而轉變爲其他話題。

➤ 今日は32ページのところで終わります。続きはまた明日にしましょう。
➤ 皆さん、お疲れのところで気分転換に音楽でも聴きましょう。
➤ 日本へ留学して一年になります。生活に慣れたところで、そろそろアルバイトでもしようと思っています。
➤ 仕事が一段落したところで、止めましょう。
➤ 時計の針がちょうど8時のところで止まっている。

参考：た形＋ところで（即使～也）

➤ 今さら謝ったところで、もう遅い。
➤ 今から説得したところで、彼が考えを変えるわけがない。
➤ 過ぎ去った過去を後悔したところで、何にもならない。

～ところを ＋動作（被動形・使役形多）正在做～的時候，…。

➤ 授業中寝ているところを先生に見つかった。
➤ 忙しいところを手伝わせて、すみません。
➤ 私が駅で迷っているところを親切な人が助けてくれた。
➤ 女優Aは恋人とホテルに入るところをカメラに撮られた。
➤ 旅行で留守にしているところを空き巣に入られた。

80. ～に当たって（は）…　　　　在～的時候，…

用法：動詞・辞書形／名詞・の＋にあたって

✍：面臨、迎接、召開～的重要的節目之際，後文表示說話者的態度（決心、態度、建議）。鄭重的說法。前文的動作是短時間内結束的動作比較合適，不能接花時間的繼續性動作。

➢ 大学院での研究を始めるに当たっての計画を、簡単でいいですから述べてください。

➢ 弁論大会を開始するに当たって、先ず本日の大まかなスケジュールを述べたいと思います。

➢ 新年を迎えるに当たって、今年の私の抱負を述べたいと思います。

➢ 台北支社の開設にあたって、現地の方々の並々ならぬご協力をいただきました。

81. ～において／～における　　　　在～

用法：名詞＋において

✍：發生事情的地點、場面（で）、時間（に）。書面語。

➢ 日比谷公会堂において、党首演説会が行われた。

➢ 親への反抗は、思春期における典型的な行動パターンです。

➢ H氏は日本の経済界において、多大な功績を残した。

➢ チャールズ・ダーウィンの「進化論」は、近代社会を支える思想における重要なバック・ボーンになっている。

82. ～に際して（は）　　　　當～之際，～之前

用法：動詞・辞書形／名詞＋に際して　　　前面接名詞較多。

✍：當開始～的時候或在～的時候之意。書面語。

➤ 中国語から日本語への翻訳に際して注意しなければならないことは以下の点です。

➤ 図書館の閲覧室の使用に際しては、所定の遵守事項を読むこと。

➤ この本は、冠婚葬祭に参加するに際してのマナーについて書いてある。

➤ 出国に際して、厳しいボディチェックが行われた。

83. ～の上では…／～上（は）…　　　　在～方面上…

用法：名詞・の＋上では／名詞＋上（は）

✍：後文表示説話者的判斷或評價。

➤ 彼は仕事の上では別に問題はないが、私生活の面で少々問題がある。

➤ 私は立場上しかたなく賛成したが、本音ではちょっと不満がある。

➤ 彼は、表面上冷静を装っているが、内心怒っているに違いない。

➤ 彼は一身上の都合で、会社を辞めた。

84. ～ところを　　　　　　　　　　　正在～的時候

用法：動詞・普通形／い形・い／な形・な／名詞・の＋ところを

✍：慣用句、寒暄語比較多。「お忙しいところを」「お疲れのところを」「お休みのところを」「お食事中のところを」等。請参考No79。

➤ お休みのところを、突然お邪魔してすみません。

➤ 私が駅前で道に迷っているところを、親切な婦人が教えてくれた。

➤ 進学のことで悩んでいるところを、先輩が貴重なアドバイスをしてくれたので、とても助かった。

85. ～にあって　　　　　　　　　　　因爲在～的狀況・所以…

用法：名詞＋にあって

✍：因爲在～的狀況・所以…之意。書面語。

➤ 彼は思春期にあって、情緒が不安定なところがある。

➤ 日本経済は今不景気のどん底にあって、金利はゼロに近い。

➤ ここは交通の要所にあって、昔から栄えた所です。

➤ 彼は今、横綱としての円熟期にあって、名実共に相撲界の第一人者であること
は万人が認めるところである。

【練習問題９】

① わが党はこの困難な状況（　　　　）、不退転の決意で望む所存です。

② まもなく渋谷駅に到着いたします。お降り（　　　　）足元にご注意ください。

③ 夜中、熟睡している（　　　　）間違い電話が掛かって来た。

④ 彼は仕事の（　　　　）ライバルだが、それ以外では仲のいい友人だ。

⑤ やり（　　　　）の仕事を残したまま、途中で帰るわけにはいかない。

⑥ 授業中に内職している（　　　　）、先生に見つかってしまった。

⑦ 資本主義社会（　　　　）消費は美徳である。

⑧ じゃ、今日は切りのいい（　　　　）、終わりにしましょう。

⑨ 今から申請書記入（　　　　）の注意点を述べます。

⑩ ただ今から、京都会議を開催致します。開催する（　　　　）、先ずこの会議の
主催者である日本側から、代表が一言ご挨拶申し上げます。

⑪ 認印は形式（　　　　）の意味しかないと思う。

⑫ 今エレベーターは定期点検の（　　　　）です。もうしばらくお待ちください。

a.に当たって	b.の際は	c.においては	d.かけ
e.上では	f.最中	g.ところに	h.ところで
i.ところを	j.にあって	k.に際して	l.上

１０．状態・習慣

2級	1級
86．たびに	91．っぱなし
87．につけ（て）	92．ずくめ
88．のもとで／のもとに	93．ともなく／ともなしに
89．だらけ	94．ならでは（の）
90．ことになっている	95．まみれ／にまみれる
	96．をよそに

86．～度に　　　　　　　　　　毎逢～

用法：動詞・辞書形／名詞＋たびに

✍：每當～時候重複做同一個動作。客觀事實比較合適。

➤ 彼は日本へ旅行に来るたびに、必ず温泉に入りに行く。

➤ 彼は私の家へ遊びに来るたびに、楽しい土産話を聞かせてくれる。

➤ 私は東京へ行くたびに、交通の便利さに感心する。

➤ 日本のデパートの店員はお客さんが来るたびにお辞儀をしなければならないので、煩わしいのではないかと思う。

87．～につけ（て）、…　　　　　　～的時候・毎次都…

用法：動詞・辞書形／い形・い／な形、名詞＋につけて

✍：後文表示說話者的感情。

➤ この歌を聞くにつけ、学生時代のことが蘇ってくる。

➤ 大きくなった息子を見るにつけ、亡くなった夫を思い出す。

➤ 自分の卒業後の将来を考えるにつけ、不安になってしかたがない。

74

➤ 遠藤課長は何事につけても部下の粗探しばかりをする、ほんとうに嫌な人だ。

88. 〜のもとで／〜のもとに　　在〜之下

用法：名詞＋のもとで

✍：在某種〜情況之下。鄭重的說法。

➤ この島の子供たちは、大自然のもとでのびのびと育っている。

➤ 私はA教授の指導のもとに、この論文を書き上げた。

➤ 皆様のご協力のもとに、無事大会を終わることができました。

➤ こんな過酷な環境のもとでも、この植物は生きて行くことができる。

89. 〜だらけ　　　　　全部都〜

用法：名詞＋だらけ

✍：全都是〜貶意。具體東西或抽象的事情都可接。多用在口語會話裡面。

具体的：泥・ゴミ・血・傷・汗・砂…

抽象的：うそ・遅刻・間違い・欠点…

➤ この靴下は穴だらけで、もう穿けない。

➤ M社の自動車は欠陥だらけだ。

➤ 彼の話は嘘だらけで、一つも信用できない。

➤ 田中君、このタイムカードを見たまえ。今月は遅刻だらけじゃないか。

90. 〜ことになっている　　　按規定〜／預定〜

用法：名詞修飾型＋ことになっている

✍：表示客觀的規定、習慣、預定、計畫等。

➤ 普通日本では家に上がる時、靴を脱ぐことになっています。

➤ 授業の予約は前日の夜7時までとなっています。

➤ 田中課長は今月の末、中国の広州へ出張することになっている。

➤ 一般的な図書館では、雑誌や辞書は貸し出しできないことになっている。

---

91. 〜っぱなし　　　　　　　　　　　一直持續著〜

用法：動詞・ます形＋っ放し

✐：應該做的事情不去做而保持原樣，一直〜之意。貶意多。

➤ うっかり窓を開けっぱなしで寝たせいか、今朝はちょっと風邪気味だ。

➤ 急用ができたので、仕事をやりっ放しのまま退社した。

➤ 息子の部屋は、机の上は散らかしっ放し、布団は敷きっ放しの万年床だ。

➤ あいつは金を借りっ放しで、一向に返す気がない。

---

92. 〜ずくめ　　　　　　　　　　　　全都是〜

用法：名詞＋ずくめ

✐：「いいこと」「めでたいこと」「ご馳走」「ぜいたく」等表示褒意的
　　事情連續發生。慣用句比較多。

➤ 去年は、主人の昇進、長女の結婚、末っ子新太郎の大学合格と、いいことずく
めだった。

➤ 彼は贅沢ずくめの豪邸に住んでいる。

➤ 今年は仕事でも私生活でもすべてうまくいった。幸運ずくめの一年だった。

➤ 彼の話はいつも結構ずくめのいい話ばかりだが、ほんとうに信じていいのか疑
わしい。

93. ～ともなく／～ともなしに　　不經意～／無意中～

用法：動詞・辞書形＋ともなく

✍：動作性動詞A＋ともなく＋動作性動詞A

　動作沒有明確的目的而做，無意中…。

➤ 見るともなくテレビを見ていたら、突然地震速報が飛び込んで来た。

➤ 公園を歩くこともなしにぶらぶら散歩していたら、道端に可憐な野菊が一輪咲

　いているのを見つけた。

➤ 父は二年前、どこへ行くともなくふらっと家を出て以来、行方不明だ。

➤ 別に考えることもなしに考えていたら、急に大事な用件をまだ上司にファクス

　していないのに気が付いた。

94. ～ならでは（の）　　　　　只有～才有的

用法：名詞＋ならでは＋否定文／名詞＋ならではの＋名詞

✍：後句文的內容表示褒意。

➤ この文章には女性ならではの優しさが溢れている。

➤ 今のプレーはベテランならではの頭脳的プレーですね。

➤ 京都ならでは食べられない伝統的な和菓子。

➤ この油絵は人間国宝ならではの見事な作品だ。

95. ～まみれ／～にまみれる　　　沾滿～

用法：名詞＋まみれ／名詞＋にまみれる

✍：人或東西的表面上附著沾滿「血」「泥」「ほこり」「汗」等的狀態。

　慣用表現多。

➤ 子供が全身泥まみれになって帰って来た。

➤ 父は40年間、家族のために汗まみれになって働いた。

➤ 道路に血まみれになった男性が倒れていた。

➤ 1ヵ月も留守にしていたから、家中がほこりまみれだ。

---

96. ～をよそに　　　　　　　　　不顧～／不管～

用法：名詞＋をよそに

✍：「期待」「心配」「批判」「忠告」「不安」等表示評價或感情詞＋を
よそに。

➤ 彼は家族の心配をよそに、一人留学計画を着々と進めている。

➤ 彼は皆の忠告をよそに、単独で相手との交渉を進めた。

➤ 日本代表チームは、大方の期待をよそに、初戦で敗退してしまった。

➤ 最近の不景気をよそに、A社は売り上げをどんどん伸ばしている。

【練習問題10】

① 祖父は家族の心配を（　　　　）、一人トライアスロンへの出場を企てている。

② 私は高校時代、硬式野球部に所属し、甲子園を目指して汗と泥に（　　　　）、
グランドで白球を追ったものだった。

③ 日本の法律では、遺言は15歳以上でなければ効力がない（　　　　）。

④ 息子は学校から帰って来ると、靴も服も脱ぎ（　　　　）で、一目散にトイレに
駆け込んで行った。

⑤ 最近は、週末が来る（　　　　）雨が降っている。

⑥ この旅館では田舎（　　　　）素朴な郷土料理を味わうことができる。

⑦ これ、台湾の新聞か。全部漢字（　　　　）じゃないか！

⑧ この店は開店以来、売り上げも順調に伸びて、支店も増えた。しかし、このま
まずっといいこと（　　　　）で続いて行くとは思わない。

⑨ 彼は両親の温かい愛情の（　　　）、すくすくと育った。

⑩ 毎年お正月に帰省して、母の顔を見る（　　　）、年老いて行く様子が不憫に思えてならない。

⑪ 古いアルバムを別に見る（　　　）見ていたら、偶然に昔の恋人とのツーショットの写真を発見した。

a.ともなく	b.よそに	c.度に	d.まみれ
e.だらけ	f.につけ	g.ずくめ	h.もとで
i.っぱなし	j.ならではの	k.ことになっている	

11. 比喩

97. 〜かのようだ　　　　　好像〜的様子

用法：普通型＋かのようだ／名詞は論文型もあり

　📝：表示比喩彷彿〜般之意。

➤ 彼はまるで何も知らなかったかのように、平然としていた。

➤ 三日連続の徹夜明けで、彼は死んだかのように眠っている。

➤ 彼は人の物でも、まるで自分の物であるかのように、勝手に使う。

➤ 兄のかばんの中は、ゴミか何かのようなくだらない物がたくさん入っている。

98. 〜くらい（ぐらい）…　　　　〜得…／跟〜一様…／〜左右

用法：名詞修飾型＋くらい（名詞＋くらい）

　📝：比喩某種事情的程度跟〜一様…。口語表現。另外可以表示概數。

➤ 私の日本語のレベルはあなたとだいたい同じくらいです。

➤ 今日は足が棒になるくらい歩いた。

➤ 彼女ぐらいの美人なら、恋人の一人や二人はいるだろう。

➤ 昨日は喉が痛くなるくらいカラオケで歌った。

➤ 日本人男性の平均身長はだいたい170cmぐらいでしょう。

99. ～げ	好像～的樣子

用法：形容詞・語幹＋げ

✍：感情形容詞的語幹＋げ。表示帶有～的樣子。

➤ 母は懐かしげに、結婚当時の写真を見ている。

➤ 少女は寂しげに「さようなら」と言って去って行った。

➤ 彼は不安げな表情で、事故のニュースを聞いている。

➤ 彼は相手に図星を突かれて、苦しげに弁解した。

100. ～ほどだ	得～／像～那樣／～左右

用法：名詞修飾型＋ほど

✍：表示比喩，像～那樣／得～。另外跟「くらい」一樣可以表示概數，但是跟「くらい」比起來，稍微既鄭重又客氣的說法。

➤ 死ぬほどあなたが好きです。

➤ 最近は忙しくて猫の手も借りたいほどだ。

➤ 目の玉が飛び出るほど高価なダイヤモンドの指輪。

➤ 今年の冬は、暖房が要らないほど暖かい。

➤ 課長、すみませんが、来月一週間ほど休暇をいただきたいんですが…

✌　「くらい」と「ほど」　✌

{ お客様、こちらで10分ぐらいお待ちください。すぐ参ります。（×）

お客様、こちらで10分ほどお待ちください。すぐ参ります。　（○）

101. ～ほど～はない／～くらい～はない　　没有比～那麼～

用法：動詞・普通形／い形・い／な形・な／名詞＋ほど、名詞＋はない

　　　用雙重否定表示強調的表達方式。說話者的主觀判斷。

➤ 母の子供に対する愛ほど尊いものはない。

➤ 今日ぐらい頭に来たことはないよ。

➤ 貧乏だが、人様の物を盗むほど落ちぶれてはいない。

➤ 只ほど高い物はない。

102. ～ように／ような／ようで　　像～那樣

用法：名詞修飾型＋ように／ような／ようで

　　　像～那樣（比喻、照著）。

➤ 今私が言ったように勉強すれば、必ず合格します。

➤ まだ４月なのに、夏のように暑い。

➤ 彼は最近暇なようで、よくパチンコ屋で見かける。

➤ あいつのようなケチは、この世にいないだろう。

103. ～ごとき／～ごとく　　　像～那樣

用法：動詞・辞書形、た形／名詞・（の）＋ごとき

　　　ごとく＋句子／ごとき＋名詞／～ごとし

　　　表示比喻「～よう」的文章語。

➤ 後期試験は下記の日程の如く行う。

➤ 先日書面でお知らせしたごとく、株主総会は中止致します。

➤ 彼ごとき若造に何がわかるか。

➤ 「光陰矢の如し」

104. ～とばかりに　　　　　　幾乎就要說～

用法：引用句＋とばかりに

✍：表示形容該動作簡直是～一樣，發生後面的動作之意。

➤ 彼女は"あなたなんか大嫌い"とばかりに、そっぽを向いた。

➤ 犯人は死んでも言うもんかとばかりに、頑なに黙秘を続けた。

➤ 大学を辞めたいと言ったら、父は"お前なんか勘当だ。出て行け！"とばかりに
激怒した。

➤ 彼は獲物を発見すると、ここぞとばかりに矢を放った。

105. ～んばかりだ／んばかりに　　　簡直是～一樣／幾乎～

用法：動詞・ない形＋んばかりだ

✍：んばかりだ／んばかりに＋動詞／んばかりの＋名詞

　　～する　→　～せんばかりだ　　慣用表現較多。

➤ 彼女は今にも泣き出さんばかりに話し出した。

➤ 母親は愛する子供をなくして、気が狂わんばかだ。

➤ 喉が張り裂けんばかりの大声で叫んだ。

➤ 上司は私の報告書を読むと、咬みつかんばかりに怒鳴り出した。

106. ～めく／～めいた　　　　　像～様子／帶有～的意味

用法：名詞＋めく

✍：常跟「謎」「冗談」「秋」「儀式」「予感」「脅迫」等名詞一起搭
　　配。

➤ 彼岸を過ぎると、気候もすっかり秋めいて来る。

➤ 彼はまだ若いのに、考え方がどこか年寄りめいている。

➤ 作家Aは謎めいた言葉を残して自殺した。

➤ 今日のパーティーは片苦しい儀式めいたことは一切ありません。どうぞ気楽に楽しんでください。

～～～～～～～～～～～～～～～～～～～～～～～～～～～～～～～～

【練習問題11】

～～～～～～～～～～～～～～～～～～～～～～～～～～～～～～～～

① 祖母は懐かし（　　　　）に、結婚同時の思い出を語り出した。

② 彼はいつも冗談（　　　　）話ばかりするので、誰も真面目に聞こうとしない。

③ 先程申し上げました（　　　　）、本日は午後4時に終了致します。

④ 主人は私が初めて作った料理を一口食べると、こんなまずい物、食えるか（
　　　　）、箸を投げ出した。

⑤ 彼の（　　　　）小心者に何ができる。何もできはしない。

⑥ 押し売りが来て、なんだかんだと断っていたら、こうなったら買うまでは梃子でも動かんぞと言わ（　　　　）、どかっと玄関先に居座った。

⑦ 彼（　　　　）清廉潔白な政治家は他にいないのではなかろうか。

⑧ 彼は他人の物でも、まるで自分の物である（　　　　）勝手に使う。

⑨ 今1ドル大体いくら（　　　　）ですか。

a.かのように	b.ほど	c.めいた	d.げ
e.ように	f.とばかりに	g.んばかりに	h.ぐらい
i.ごとき			

１２．原因・理由・目的・手段（Ⅰ）

2級	1級
107. あまりに（も）	117. こととて
107. あまり（の）	118. とあって
108. 以上（は）	
109. 上は	
110. おかげで	
111. せいで	
112. からには	
113. ことから	
114. ことだから	
115. だけあって	
116. だけに／だけの	

107.〜あまりに（も）／あまり（の）〜　　因爲太〜・所以…

用法：動詞・辞書形、た形／い形・い／な形・な／名詞・の＋あまり（に）

あまりの＋名詞　　あまりにも＋形／動

✍：因爲太〜・所以結果…的狀態。

➤ 彼は今月遅刻が多かったあまりに、給料を減らされてしまった。

➤ 無理なダイエットをし過ぎたあまり、体を壊してしまった。

➤ あまりの辛さに、思わず吐き出した。

➤ 彼は勤務態度があまりにも悪いので、首になってしまった。

108. ～以上（は）　　　　　　　既然～

用法：論文型＋以上（は）

📖：後文的內容表示說話者的判斷。後文可以接非意志文。

➤ 主人が元気に働いている以上、我が家は安泰です。

➤ 買った以上、使わないともったいないです。

➤ 親である以上、子を育てるのは当然のことです。

➤ 本人にその気がない以上、いくら勧めても無駄です。

109. ～上は　　　　　　　　　既然～

用法：動詞・た形、辞書形＋上は

📖：後文陳述說話者的判斷、決心、建議。鄭重的表達方式。

➤ こうやると決めた上は、最後までやり抜きます。

➤ 議員に立候補した上は、当選する覚悟です。

➤ 反対する上は、それなりの理由があるのだろう。

➤ この案件、承諾した上は、最後まで責任を持ってやらねばならぬ。

110. ～おかげで　　　　　　　托～的福…

用法：名詞修飾型＋おかげで

📖：因爲～，所以…（好的結果）。

　　如果用在貶意句子裡，文意會帶有諷刺的感情色彩。

➤ あなたが手伝ってくれたおかげで、仕事が早く終わりました。

➤ 鮫島先生に教えていただいたおかげで、試験に合格することができました。有難うございます。

➤ 誰のおかげでここまで大きくなったんだ。少しは感謝しろ！

➤ あんたのおかげで、あたしの人生、滅茶苦茶よ。

111. ～せいで　　　　　　　　都是因爲～

用法：名詞修飾型＋せいで

✍：帶有責備、批評對方的感情。常用在口語會話裡陳述個人的事情的句子。

「せい」的本來的意思是人的所爲（貶意），所以可以當做名詞使用。

➤ 昨日お前が早退したせいで、俺夜9時まで残業したんだぞ。

➤ あなたのせいで、課長に叱られてしまったじゃないの。

➤ 最近天気が悪いせいか、気分もすっきりしない。

➤ 今、何か音がしなかった？　気のせいかな。

112. ～からには　　　　　　　　既然～

用法：論文体＋からには

✍：既然～，應該…／因爲～所以當然…。

後文表示說話者的強列的建議、判斷、要求、命令等。

➤ 買ったからには、使わないともったいないですよ。

➤ 会社の経営者であるからには、最終責任を取るのは当然だ。

➤ 日本に10年も住んでいたからには、日本語が上手なはずだ。

➤ あんな温厚な彼が怒ったからには、何か理由があるに違いない。

❤　「以上」と「からには」　❤

{ 現社長が健在である以上、社員も安心です。　　　　　　　（状態○）
{ 現社長が健在であるからには、社員も安心です。　　　　　　（状態？）

{ 通常の用途に使っている以上、故障することはない。　　　　（状態○）
{ 通常の用途に使っているからには、故障することはない。　　（状態×）

{
大切な出張の途中で帰って来た以上、何か起きたに違いない。　　　（原因×）

大切な出張の途中で帰って来たからには、何か起きたに違いない。（原因○）

参考：ない以上≒ない限り（参考№４）除非〜否則…之意。「からには」不能代替使
　　　用。

{
雨が降らない以上、試合は中止しません。　　　（○）

雨が降らない限り、試合は中止しません。　　　（○）

雨が降らないからには、試合は中止しません。（×）

---

113. 〜ことから…　　　　　　　因爲〜所以…

用法：名詞修飾型＋ことから

✍：表示原因、理由。因爲〜，所以…之意。客觀的事實比較合適。

➤ 東京には、富士山がよく見えることから、「富士見町」という地名がたくさん
ある。

➤ 彼は子供時代、額が出ていることから、「デコチン」という渾名を付けられ
た。

➤ この法律は現状に全くそぐわないことから、今改正案が出されている。

➤ この会社は、開発の重点を液晶画面に置いたことから、経営が好転するように
なった。

---

114. 〜ことだから　　　　　　　因爲〜所以

用法：名詞＋ことだから

✍：說話者對都熟知的事情或人物的性格、行爲習慣等做出某種判斷。

➤ 山本のことだから、人に頼まれたら、嫌とは言えないだろう。

➤ 酒好きな田中のことだから、今頃きっと居酒屋で飲んでいるよ。

➤ 夏休みの連休の遊園地のことだから、絶対込んでいるに違いないよ。

➤ 母　：明美、ご飯よ。お父さん呼んで。

明美：お父さん、さっき出掛けたよ。

母　：そう？　どこへ行ったのかしら？

明美：お父さんのことだから、また隣りの田中さんちだよ。

115.　～だけあって　　　　　　　　不愧是～

用法：普通形（名詞は不加「だ」）＋だけあって

✐：後文表示說話者的好評價。

➤ さすがファッション・モデルだけあって、スタイルが抜群にいい。

➤ 世界的ベストセラー小説だけあって、読者を飽きさせない内容だ。

➤ 日本へ留学しただけあって、日本語がなかなか達者だ。

➤ 値段が安いだけあって、品質がよくない。（貶意）

116.　～だけに／だけの　　　　　因爲～當然／因爲～更加

用法：普通形（名詞は不加だ）＋だけに、だけの

✐：因爲～當然…／因爲～更加…。後文都可以接褒貶意的內容。

➤ 歳末のデパートだけに、すごい人出だ。

➤ 徹夜して準備しただけの甲斐があって、今日のテストはいい点が取れた。

➤ 最近の子供は一人っ子が多いだけに、友達を作るのが下手だ。

➤ 今場所の千代大海は角番、更に怪我で体調が悪かっただけに、今日の勝ち越しは、何よりもうれしいに違いない。

117. 〜こととて、…　　　　　　　　　因爲〜，…（道歉）

用法：名詞修飾型＋こととて

✍：後句文表示請求原諒的表達方式；有點陳舊的說法。

➤ まだ新人のこととて、どうか勘弁してやってください。

➤ 初めてのこととて、どうかご配慮をお願い致します。

➤ なにぶん田舎で育ったこととて、右も左もわかりません。

➤ 世間知らずの箱入り娘のこととて、ご迷惑をおかけするかもしれませんが、何卒よろしくお願い致します。

118. 〜とあって　　　　　　　　　　因爲〜・所以好像…

用法：普通形（名詞、な形可省「だ」）＋とあって

✍：表示說話者自己觀察之後的判斷。文章語。

➤ 歳末大売出しとあって、デパートはすごい人出だ。

➤ この子はまだ親の死を知らないとあって、無邪気に遊んでいる。

➤ さすがに老舗の看板商品とあって、味は折り紙付きだ。

➤ 億万長者の豪邸とあって、広大な敷地だ。

【練習問題12】

① 鶴田課長はさすが海外赴任生活が長かった（　　　　）、英語が達者だ。

② 日本の大学へ留学したことがある（　　　　）、かなりのレベルの日本語が話せるはずだ。

③ 彼は病気にでもならない（　　　　）、仕事を休みません。

④ 皆様の（　　　　）、本日無事に大会を終了することができました。

⑤ 彼は今回のプロジェクトに全力を傾けて来た（　　　　）、そのプロジェクトの

途中での中止決定には、絶対に納得がいかないだろう。

⑥ 不束者の（　　　　）、どうかご勘弁を。

⑦ 今日は歳末の土曜日（　　　　）、デパートの食品街は大変な混雑だ。

⑧ かくなる（　　　　）、最後の手段を取るしかない。

⑨ 萩市は多くの史跡や古い町並みがある（　　　　）、「小京都」と呼ばれている。

⑩ 彼女と初めてのデートで、（　　　　）緊張し過ぎて、うまく話ができなかった。

⑪ 何事にも完璧主義の彼の（　　　　）、仕事を途中で投げ出すことは、間違ってもないだろう。

⑫ 彼は自分の失敗を人の（　　　　）にする姑息なところがある。

a.上は	b.おかげで	c.ことだから	d.だけに
e.だけあって	f.ことから	g.とあって	h.せい
i.以上	j.こととて	k.あまりにも	l.からには

91

１３．原因・理由・目的・手段（Ⅱ）

	２級		１級
119.	につき	127.	べく
120.	によって／による	128.	ゆえ
121.	ばかりに	129.	んがために
122.	もの／もん	130.	をもって
123.	をめぐって		
124.	ように		
125.	をきっかけに（して）		
126.	を通じて／を通して		

119．〜につき…　　　　　　　　　　因爲〜、所以…

用法：名詞＋につき

✍：表示告知、揭示、通知等鄭重的説法。

➤ 本日は店内改装につき、臨時休業させていただきます。

➤ 今期の社会学の授業は担当教官の体調不良につき、開講しないことになりました。

➤ あなたのビザ申請は資料不備につき、許可いたしません。

➤ 只今、定期点検中につき、エレベーターは停止しております。

120．〜によって／〜による　　　　手段／原因／創作等

用法：名詞＋によって

1.手段、方法。用於人的動作或客觀、抽象的手段。

➤ 核問題は平和的手段によって、解決すべきだ。

➤ たゆまぬ努力によって、成功を勝ち取った。

92

➤ 公定歩合の引き下げによって、金融緩和をする。

➤ リストラによって多くの失業者が出た。

➤ 地球の温暖化は二酸化炭素の排出によるものだ。

➤ ダム建設によって、多くの農民が家を失うことになる。

➤ 「源氏物語」は約1000年前に紫式部によって書かれました。

➤ 「HONDA」は本田宗一郎によって創立された会社です。

➤ この文法書はある無名の日本語教師によって書かれたものです。

121. ～ばかりに　　　　　正因爲～所以

用法：名詞修飾型＋ばかりに

✎：只因～オ（帶有後悔，遺憾，責備對方的感情色彩，所以後句的內容都是貶意）。

➤ 緊張し過ぎたばかりに、面接で落とされてしまった。

➤ 日本の習慣を知らなかったばかりに、皆の前で恥をかいてしまった。

➤ 単位が足りなかったばかりに、留年することになってしまった。

➤ 母親が買い物に夢中になって、ちょっと目を離したばかりに、子供がいなくなってしまった。

122. ～もの／～もん　　　　　就是因爲～

用法：普通形＋もの（口語會話裡發音變成「もん」）

✎：放在句末表示含有撒嬌、反駁、藉口等語氣。口語說法。

➤ この子、末っ子なもんで、甘えん坊なんですよ。

➤ 先生：どうして宿題を忘れたんですか。

　学生：あのう、風邪を引いて具合が悪かったもので…。

➤ 上司：君、最近遅刻が多いね。どうしたんだね。

　部下：すみません、ちょっと血圧が低いもんで、朝起きられなくて。

➤ 母　：健一、ピーマンも残さずに食べなさいよ。

　息子：嫌だよ。だって、おいしくないんだもん。

---

123. 〜をめぐって　　　　　　　　圍繞〜

用法：名詞＋を巡って／巡る

　✍：後文的動詞都是「議論する」「争う」「討論する」「対立する」等表示糾紛的意思。

➤ 財産相続を巡って、家族で争いが起こった。

➤ ダム建設を巡って、賛否両論の意見が対立している。

➤ 国会で消費税値上げをめぐる論争が行われている。

➤ 会社のマドンナ桃子をめぐって、男性社員たちの激しい戦いが繰り広げられた。

---

124. 〜ように　　　　　　　　　爲了〜（目的）

用法：辞書形＋ように／ない形＋ないように

　✍：非意志動詞＋ように。達成目的意志沒有像「ために」那麼強。提醒別人或提醒自己的用法比較多。

➤ 初心者にもわかるように、優しく説明する。

➤ みんなに聞こえるように、もっと大きい声で話してください。

➤ 風邪を引かないように、帰宅したらうがいをしましょう。

➤ 転ばないように、足元に気を付けてください。

125. ～をきっかけに（して）　　以～爲契機

用法：名詞＋をきっかけとして

✍：以～爲契機，開始後面的事情。

➤ 息子は交通事故をきっかけに、バイクに乗るのを止めた。

➤ 私は今度の誕生日をきっかけに、禁煙することにした。

➤ 彼女はボランティア活動をきっかけに、社会的弱者に対する関心を持つように

なった。

➤ 貞淑な妻美奈子は高校の同窓会で15年ぶりに純一に会ったのをきっかけに、

不倫に走るようになった。

126. ～を通じて／を通して　　通過～／透過～／整個～

用法：名詞＋を通して／を通じて

✍：表示通過的地點、經由或傳達信息、建立人際關係的手段。

➤ 今の家内とは、友人を通じて知り合った。

➤ この一本の映画を通して、多くの日本文化を知ることができます。

➤ 現代社会は、インターネットを通して、あっと言う間に情報が世界中に伝播す

る。

➤ この地方は一年を通じてほとんど雨が降りません。

➤ この曲は年間を通して、ずっとベストテンの一位をキープした。

➤ 彼には冗談が全く通じない。

➤ 針に糸を通す。

➤ 彼は生涯を通して、独身を貫いた。

❧　「を通して」「を通じて」　❧

～を通して	～を通じて
● 表示通過的地點、經由。 ● 表示整個範圍都是…。 ✓ 音は空気を通して、伝わる。 ✓ 以前は必ず香港を通って中国へ入国しなければならなかった。 ✓ 交換台を通して、電話を部屋に繋いでもらった。 ✓ あのう、ちょっと通してください。 ✓ ここは彼は年間を通して気温が高い。	● 表示通過的地點、經由、媒介。該事情被認爲是成立後文内容的重要條件。 ● 表示到達地點、目標。 ● 表示整個範圍都是…。 ✓ 留学を通じて、さまざまな人と知り合うことができた。 ✓ 人は他人との交流や摩擦を通じて成長していく。 ✓ ここは年間を通じて気温が高い。 ✓ この国では、英語が全く通じない。 ✓ 彼は三ヶ国語に通じてる。 ✓ この道はA市に通じている。

127. ～べく　　　　　爲了～

用法：動詞・辞書形＋べく　　（する　→　すべく）

✍：表示目的。書面語。

➤ 早く結論を出すべく、明日早速会議を開くことにした。

➤ 総理は首脳会議に参加すべく、特別機で成田を発った。

➤ デモ隊は政府に陳情すべく、国会議事堂へ向かって進んだ。

➤ 政府はアスベスト問題を解決すべく、早急に何らかの対策を打つべきだ。

128. ～ゆえ／～ゆえに／～ゆえの　　因爲～／由於～

用法：動詞、い形・普通形／な形（＋な）／名詞（＋の）＋ゆえ

   ✎：書面語。

➤ 彼は重度の障害者のゆえ、行動範囲が限られている。

➤ 経験不足ゆえのミスです。大目に見てやってください。

➤ 金持ちゆえの悩みというのもあるのだろう。

➤ 彼は在日外国人ゆえに、不当な差別を受けている。

129. ～んがために／～んがための　　爲了～

用法：ない形＋んがために　　（する→せんがために）

   ✎：以～爲目的而做～之意。書面語。

➤ 生きて行かんがための犯罪も存在する。

➤ 某放送局は高視聴率を得んが為に、人気スターを多く抜擢した。

➤ 彼は選挙に勝たんがために、あらゆる手を尽くした。

➤ 目的を達せんがためには手段を選ばない。

130. ～をもって　　　　　　　　　用以～（手段）

用法：名詞＋を以って

   ✎：用以～（表示手段或方法）。鄭重的説法。後文接意志文。

➤ 合否の結果は、書面を以って通知致します。

➤ 日本選抜チームを以ってしても、アメリカの大学代表チームには勝てなかっ

た。

➤ 商品の発送を以って、当選者の発表と替えさせていただきます。

➤ いくら直属の上司とは言え、自分の責任を部下に転嫁するなんて、以ってのほ

かですよ。（慣用表現）

～～～～～～～～～～～～～～～～～～～～～～～～～～

✌　「で」「によって」「をもって」　✌

✓ 具体的日常行為（交通手段等）

{
バスで通勤する。　　　　　　　　　　　　　　（◎）

バスによって通勤する。　　　　　　　　　　　（？）

バスをもって通勤する。　　　　　　　　　　　（×）
}

✓ 抽象的行為

{
話し合いで解決する。　　　　　　　　　　　　（○）

話し合いによって解決する。　　　　　　　　　（◎）

話し合いをもって解決する。　　　　　　　　　（○）
}

✓ 無意志的な現象（原因・理由）

{
台風で、飛行機の到着が２時間遅れた。　　　　（○）

台風によって、飛行機の到着が２時間遅れた。　（○）

台風をもって、飛行機の到着が２時間遅れた。　（×）
}

✓ 意志的行為

{
平和的手段で解決する。　　　　　　　　　　　（○）

平和的手段によって解決する。　　　　　　　　（○）

平和的手段をもって解決する。　　　　　　　　（◎）
}

✓ 改まった場面

{
お客様には誠意で対応する所存です。　　　　　（○）

お客様の温かいご支持によって発展致しました。（○）

お客様には誠意をもって対応する所存です。　　（◎）
}

	前　件		後　件		全　文
	日常的手段・行為	抽象的行為	無意志文	意志文	敬語
で	◎	○	○	○	○
によって	？	◎	○	○	○
をもって	×	○	×	◎	◎

〜〜〜〜〜〜〜〜〜〜〜〜〜〜〜〜〜〜〜〜〜〜〜〜〜〜〜〜〜〜〜〜〜

【練習問題13】

① 私（わたし）は高校生時代（こうこうせいじだい）のボランティア活動（かつどう）（　　　　）、社会福祉（しゃかいふくし）に興味（きょうみ）を持（も）つようになった。

② 原子力発電所（げんしりょくはつでんじょ）の建設（けんせつ）（　　　　）、激（はげ）しい意見（いけん）の対立（たいりつ）がある。

③ 未熟者（みじゅくもの）（　　　　）、どうぞお許（ゆる）しください。

④ 日本政府（にほんせいふ）は日朝間（にっちょうかん）の懸案（けんあん）である拉致問題（らちもんだい）を解決（かいけつ）す（　　　　）、現地（げんち）に特使（とくし）を派遣（は）した。

⑤ 外国語（がいこくご）を学（まな）ぶのは、それ自体（じたい）が目的（もくてき）ではなく、それを（　　　　）他国（たこく）の文化（ぶんか）を知（し）ることにあるのではないか。

⑥ 現在（げんざい）、機械調整中（きかいちょうせいちゅう）（　　　　）、エスカレーターを停止（ていし）しております。

⑦ 首相（しゅしょう）は消費税値上（しょうひぜいねあ）げについて国民（こくみん）に対（たい）してもっと誠意（せいい）（　　　　）説明（せつめい）する必要（ひつよう）がある。

⑧ 母（はは）：今日（きょう）、寒（さむ）いからスカートやめて、ズボンにしなさい。

　　娘（むすめ）：ズボンなんて嫌（いや）だよ。あんなのださい（　　　　）。

⑨ 彼（かれ）は某代議士（ぼうだいぎし）に取（と）り入（い）ら（　　　　）、多額（たがく）の賄賂（わいろ）を贈（おく）り、贈賄罪（ぞうわいざい）で逮捕（たいほ）された。

⑩ 旅行中（りょこうちゅう）、スリや置（お）き引（び）きには注意（ちゅうい）する（　　　　）してください。

⑪ スマトラ沖（おき）の大津波（おおつなみ）（　　　　）、多（おお）くの人（ひと）が犠牲（ぎせい）になった。

⑫ 今朝（けさ）の販売会議（はんばいかいぎ）に遅刻（ちこく）した（　　　　）、社長（しゃちょう）に大目玉（おおめだま）を喰（く）らった。

a.ばかりに	b.をもって	c.んがために	d.もん
e.通して	f.ように	g.につき	h.をきっかけに
i.を巡って	j.べく	k.ゆえ	l.によって

１４. 動作の前後関係

2級	1級
131. うちに	141. が早いか
131. ないうちに	142. なり
132. かと思ったら	143. や（否や）
132. かと思うと	144. を皮切りに
133. 上で（の）／上の	144. を皮切りとして
134. 次第	
135. て初めて	
136. に先立ち／に先立って	
137. か〜ないかのうちに	
138. とたん（に）	
139. つつ	
140. て以来／以来	

131.〜（ない）うちに　　　1. 趁著〜，〜之前　2. 不知不覺地〜

1. 趁著〜，〜之前

用法：動詞・辞書形、ない形／い形・い／な形・な／名詞・の＋うちに

✍：趁著〜，〜之内，〜之前。

➤ 若<ruby>若<rt>わか</rt></ruby>いうちにいろいろな<ruby>経験<rt>けいけん</rt></ruby>をしたほうがいい。

➤ <ruby>雨<rt>あめ</rt></ruby>が<ruby>降<rt>ふ</rt></ruby>らないうちに<ruby>帰<rt>かえ</rt></ruby>りましょう。

➤ <ruby>土地<rt>とち</rt></ruby>を<ruby>安<rt>やす</rt></ruby>いうちに<ruby>買<rt>か</rt></ruby>って、<ruby>高<rt>たか</rt></ruby>くなったら<ruby>売<rt>う</rt></ruby>る。

2. 不知不覺地變成〜

用法：動詞・辞書形、ない形、て形＋いる／名詞・の＋うちに

✍：不知不覺地、無意中變成〜的狀態。

➤ 考え事をしながら歩いていたら、知らないうちに家に着いていた。

➤ ベッドで日本語の本を読んでいるうちに寝てしまった。

➤ 昔のアルバムを見ているうちに、学生時代の事を懐かしく思い出した。

132. 〜かと思うと／〜かと思ったら　一〜就〜（預料之外）

用法：動詞・た形＋かと思うと

✍：一發生前面的事情，後面就發生說話者預料之外的事情。

➤ 息子は家へ帰って来たかと思うと、トイレへ駆け込んだ。

➤ 西の空が急に掻き曇ったかと思うと、突然、大粒の雨が降り出して来た。

➤ 主人は床に就いたかと思うと、1分もしないうちに寝てしまった。

➤ 彼女はさっき泣いていたかと思うと、今はもうげらげら笑っている。

133. 〜上で（の）／〜上の　　1．〜的時候、爲了〜　2．〜之後

1．〜的時候／為了〜

用法：動詞・辞書形／名詞・の＋上で

✍：後文的內容表示狀態動作。稍微鄭重的說法。

➤ 海外生活をする上で大切なことは、その国の文化に溶け込むことです。

➤ プレゼンテーションをする上で留意することは、相手の利益は何かということを考えることです。

➤ 実際の教室活動の上では、さまざまな困難な問題にぶつかります。

2．〜之後

用法：動詞・た形／名詞・の＋上で

✍：先做前面的動作之後，（根據前面的動作的結果）再做後面的動作。稍微鄭重的說法。

➤ 契約書をよく読んだ上で、サインをするべきです。

➤ 詳しいことは、直接お会いした上で伺いましょう。

➤ 熟慮の上の結論ですから、撤回は致しません。

134. ～次第…　　　　　　　　～之後，馬上做…

用法：動詞・ます形／名詞＋次第

✍：發生前面的事情之後，馬上做後面的動作之意。

　　後面的動作是有意志性的人爲動作。鄭重的説法。

➤ 試合は雨が止み次第、再開します。

➤ 全員が集まり次第、会議を始めます。

➤ ご注文の商品が入荷次第、ただちに発送いたします。

➤ 法案が成立次第、速やかに施行されたい。

135. ～てはじめて　　　　　　　～之後第一次

用法：動詞・て形＋初めて

✍：～之後第一次才發生後文的内容。

➤ 日本に来て初めて刺身を食べました。

➤ 病気になってはじめて健康の大切さを知った。

➤ 子供を産んで初めて母の偉大さを知りました。

➤ 中級クラスに入って、初めて日本語の文法がこんなに難しいということがわか

りました。

136. ～に先立ち…／に先立って　　～之前，先做…

用法：動詞・辞書形／名詞＋に先立って

✍：做～（重要的事情）之前，事先要做…。鄭重的説法。

➤ この計画を実行するに先立って、綿密な調査が必要だ。

➤ 博士論文を書くに先立って、多くの関連資料に当たっておかなければならない。

➤ この拙作を出版するに先立ち、多くの方々から貴重な助言をいただいた。

➤ ただ今から弁論大会を開催致しますが、それに先立ちまして、まず審査員の方々をご紹介致します。

137. 〜か〜ないかのうちに　　　還沒做完〜就發生〜

用法：動詞・辞書形、た形＋か＋ない形＋ないかのうちに

　✍：重複使用同一動詞表示剛發生某一事情幾乎沒過一點時間，就發生後面的事情。強調說幾乎同時發生。

➤ 朝の新宿駅のラッシュ時間には、電車が出たか出ないかのうちに、また次の電車がホームに入って来る。

➤ よほどお腹が空いていたのか、息子は「いただきます」と言うか言わないかのうちに、食べ始めた。

➤ 終了のチャイムが鳴るか鳴らないかのうちに、学生たちはどっと教室の外へ飛び出して行った。

➤ 豆腐屋さんは、まだ夜が明けるか明けないかのうちに起き出して、材料を仕込む。

138. 〜とたん（に）　　　　　　一〜就

用法：動詞・た形＋とたんに／動作性名詞＋の＋とたんに

　✍：一發生前面的事情，就發生後面的意外現象。後文接非意志動作。

➤ 帰宅して玄関のドアを開けたとたん、家の中から愛犬のポチが飛びついて来た。

➤ 列車がトンネルに滑り込んだとたん、どす黒い煙がみるみる車内に充満した。

➤ 部屋の電気を付けた途端、蛍光灯が一瞬パッと光って、消えてしまった。

➤ 火山の噴火のとたんに、火口から真っ赤な溶岩が流れ出した。

➤ 学生時代は先輩にタメ口を聞いていた学生が、就職して会社に入った途端、敬語を使い出す。おもしろい現象ですね。

139. ～つつ…　　　　　　　　　　一邊～一邊…

用法：動詞・ます形＋つつ

⚖：≒「ながら」。文章語。

➤ 窓辺で本を読みつつ、いつの間にか寝てしまった。

➤ 彼女は20年間、看護婦として働きつつ4人の子供を育て上げた。

➤ 彼は将来の留学生活を想像しつつ、毎日アルバイトに励んでいる。

➤ 今日の失敗を反省しつつ、明日の糧にする。

140. ～て以来／以来…　　　　　　～之後，一直…

用法：動詞・て形／名詞＋以来

⚖：～之後，一直都～之意。陳述單純事實。

➤ たばこを止めて以来、ずっと体の調子がいい。

➤ 今年の正月以来、寿司を食べていません。

➤ スポーツ・ジムに通うようになって以来、一度も風邪を引いたことがありません。

➤ 彼は結婚して以来、すっかり付き合いが悪くなった。

141. ～が早いか～　　　　　　　做～，幾乎跟～同時發生～

用法：動詞・辞書形、た形＋が早いか

✍：一～就發生～。常用在人的計畫性動作。

➤ 彼女は「さよなら！」と言うが早いか、部屋から出て行った。

➤ 息子は家に帰るが早いか、何も言わずにまた飛び出して行った。

➤ よほどお腹が空いていたのか、彼は料理が来るが早いか、あっと言う間に平らげてしまった。

➤ 午前10時に開店するが早いか、並んでいた買い物客がデパートになだれ込んだ。

142. ～なり…　　　　　　　　一～，就…

用法：動詞・辞書形＋なり

✍：一～，就立刻發生…（意外性的身體反應比較多）之意。

➤ 息子は家へ帰るなり、トイレへ駆け込んで行った。

➤ 父は私の結婚話を聞くなり、烈火の如く怒り出した。

➤ 犯人は部屋に入るなり、ナイフで切り付けて来たんです。

➤ 彼女はボーイフレンドからの手紙を読み終わるなり、怒ってその手紙を破り捨てた。

143. ～や（否や）…　　　　　　一～就立刻…

用法：動詞・辞書形＋やいなや

✍：一有～就發生後面的事情之意。

　　可以用在表示客觀事實的句子裡面。書面語。

➤ 終業ベルが鳴るや否や、学生たちが一斉に教室から飛び出して行った。

➤ 一人の学生が手を挙げるやいなや、他の学生も次々に手を挙げ始めた。

➤ 首相はＡ国との首脳会談が決裂するや否や、直ちに経済制裁に踏み切った。

➤ 病院の前に救急車が止まるや否や、車内から急患らしき人が担架で中に運び込まれて行った。

144. ～を皮切りに／～を皮切りとして　以～爲起端

用法：名詞＋を皮切りに

✍：表示以～爲出發點、契機之意。

➤ 彼は東京武道館での公演を皮切りに、大阪、広島、福岡、沖縄へと活動を展開した。

➤ 彼が発言したのを皮切りに、次から次へと反対意見が出て来た。

➤ Ａ社は上海支店を皮切りに、台北、パリ、ニューヨークへと海外進出して行った。

➤ 都内最大手の某デパートを皮切りに、その他の多くのデパートでも歳末大売出しセールが始まった。

❧　「かと思ったら」「ないかのうちに」「とたん」　❧

「が早いか」「なり」「や否や」

	接　続	後文の制限	その他の特徴
かと思ったら	た形	非意志文	後文接意外性的現象
か～ないかのうちに	辞書形orた形＋か＋ない形＋かのうちに	非意志文多	強調同時性
とたん	た形	非意志文	後文接現象文
が早いか	辞書形orた形	意志文多	後文接計畫性動作多
なり	辞書形	意志文多	意外性的身體反應
や否や	辞書形	制限なし	客觀的事實合適。文章語。

【練習問題14】

① 商品が届き（　　　　）、発送いたします。

② 犯人はパトカーのサイレンを聞く（　　　　）、近くに止めてあった自動車に乗って、あっと言う間に現場から逃走した。

③ 彼女は合格発表の掲示板に自分の番号を見つける（　　　　）飛び上がって喜んだ。

④ 息子はたった今家を出た（　　　　）、また慌てて戻って来て、自分の部屋に駆け込んで行った。

⑤ A社の倒産（　　　　）、その系列の会社が連鎖的に倒産して行った。

⑥ 私たち夫婦は結婚して（　　　　）、一度も喧嘩したことがない。

⑦ 私は結婚して（　　　　）、自由の大切さを知った。

⑧ ハワイのツアー旅行への出発（　　　　）、空港ロビーで、簡単な打ち合わせがあった。

⑨ このボタンを押した（　　　　）、モニターの画面が突然消えたんです。

⑩ 彼は窓辺にもたれ（　　　　）、何か物思いに耽っている。

⑪ 緊急対策本部が設置される（　　　　）、直ちに被災現場に自衛隊が派遣された。

⑫ 大喰い大会の選手たちは、目の前に出された料理を、まだ食べたか食べ（　　　　）、次のお代わりをする。

⑬ こんな重要なことは、上司の許可を得た（　　　　）でなければ、返答できません。どうぞ、悪しからず。

⑭ 長女は京都の旧家のぼんぼんの家に嫁いで、まだ1ヵ月もたたない（　　　　）、夫婦喧嘩して実家に戻って来た。

a.上	b.に先だって	c.を皮切りに	d.かと思ったら
e.以来	f.初めて	g.次第	h.ないかのうちに
i.うちに	j.が早いか	k.とたん	l.なり
m.つつ	n.や否や		

15. 強調（1）

2級	1級
145. からして	152. が最後／たら最後
146. こそ	153. からある／からの
147. ことに	154. 極まる／極まりない
148. （で）さえ	155. でなくてなんだろう
149. てしかたがない	156. ではあるまいし
149. てしょうがない	157. と言ったら（ありゃし）ない
150. てたまらない	158. ばこそ
151. てならない	

145. ～からして…　　　　　　連～都…

用法：名詞＋からして

✍：連～都…，更別提…不用說了。

➤ この家族は親からしてだらしない。その子供は言うに及ばない。

➤ 私は男優Aがあまり好きじゃない。顔はもちろんだが、だいたい教養のないその話し振りからして嫌いだ。

➤ 彼の日本語のレベルは初級以下だ。平仮名の五十音からして読めないのだから。

➤ 今度のお見合い、家族だけでなく本人からしてあまり乗り気じゃないみたいだから、断ったほうがいいよ。

146. ～こそ… ～才是…

用法：動詞・て形、ます形、条件形／名詞＋こそ

✍：把前面的詞特別提示強調。

➤ これこそ私が長年探していた物です。

➤ 今度こそ俺のすごさを見せてやる。

➤ 親があってこその親孝行です。親がいるうちに孝行した方がいいですよ。

➤ あなたの事を心配していればこそ、注意しているんですよ。

147. ～ことに 非常的～（感情詞）

用法：動詞・た形／い形・い／な・形＋ことに

✍：「感情詞＋ことに」表示非常～的是…。

➤ 悔しいことに、第一志望の会社に就職できなかった。

➤ おもしろいことに、私たち兄弟三人全部4月生まれなんですよ。

➤ 不思議なことに、最近身長が2センチ伸びたのよ。びっくりしたよ。

➤ うれしかったことに、教室へ入ったら生徒たちが拍手で迎えたんです。そう、私の誕生日を祝ってくれたんですよ。

148. ～（で）さえ… 連～都…

用法：名詞＋さえ

✍：強調前面名詞。

➤ 彼は五十音の平仮名さえ読めない。

➤ こんな簡単なこと、子供でさえできるよ。

➤ 今度の新人、ろくに挨拶さえできない。

➤ 日本人のサラリーマンは、夏の暑い時でさえ、スーツを着ている人が多い。

☞　こんな事、子供でさえも知っている。　　↑　強調大

　　こんな事、子供でさえ知っている。

　　こんな事、子供さえ知っている。

　　こんな事、子供でも知っている。

　　こんな事、子供も知っている。

　　こんな事、子供は知っている。

---

149. ～てしかたがない／てしょうがない　　～得不得了

用法：動詞・て形／い形・語幹＋くて／な形、名詞＋で＋しょうがない

✍：某種事情的程度非常～／～得不得了、無法接受、傷腦筋、困擾之意。
身體、心理的狀態都可以形容。

➤ 私の家は交差点の近くにあるので、うるさくてしょうがない。

➤ 彼は遅刻ばかりしてしょうがない。

➤ この子はイタズラばかりして、ほんとうにしょうがないんだから。

➤ 長い海外出張で、日本のお風呂に入りたくてしょうがない。

➤ 最近小さい字が見づらくなってしかたがない。

➤ 最近、午前様の主人が気になってしかたがない。

---

150. ～てたまらない　　　　　　～得很／～受不了

用法：動詞・て形／い形・語幹＋くて／な形、名詞＋で＋たまらない

✍：表示說話者的身體、心理或五官的反應。

➤ 部屋にクーラーがないので、暑くてたまりません。

➤ 徹夜明けで、眠くてたまらない。

➤ 最近、余震が多く、毎日不安でたまりません。

➤ 20年間連れ添った主人に裏切られたのが悔しくてたまりません。

---

151. ～てならない　　　很～／不由得～

用法：動詞・て形／い形・語幹＋くて／な形、名詞＋で＋ならない

✍：說話者的感情自然而然地變成～。鄭重的說法。只有描寫心理狀態。

➢ この音楽を聞くと、昔の青春時代のことが思い出されてならない。

➢ 地球の環境はますます悪化して行くように思えてなりません。

➢ 若くして癌で亡くなった田中君のことが惜しまれてなりません。

➢ 私がどうしてみんなに非難されなければならないのか、不思議でなりません。

152. ～が最後／～たら最後　　　一旦～就完了

用法：た形・が／た形・ら＋最後

✍：一但發生～就不能回到原狀之意。

➢ 悪の道に入ったら最後、なかなか抜け出せない。

➢ 彼は父と喧嘩して家を出たが最後、それ以来決して戻ることはなかった。

➢ この機械はいったん分解したが最後、二度と組め立てることはできない。

➢ 胸に菊のバッヂを付けた国会議員も選挙で落選したら最後、ただの市井の人に過ぎない。

153. ～からある／～からの　　　～數量這麼多的

用法：数量＋からある

✍：強調該數量很多之意。

➢ 彼は五人分からある料理をたった30分で食べてしまった。

➢ 娘は二ヶ月からある夏休みを全部アルバイトに費やした。

➢ 今晩は100人分からの答案を全部採点しなければならない。

➢ 今日の観客数は５万人からはありそうだ。

154. ～極まる／～極まりない　　　～得很／非常～

用法：な形・語幹＋極まる

✍：說話者對對方擁有不滿、生氣的感情。

➤ 借りたお金を返さないなんて、非常識極まる。

➤ この店の店員の態度は失礼極まりない。

➤ この国の交通は危険極まりない運転が非常に多い。

➤ 40年ぶりに肉親と再会した中国残留孤児は、感極まって号泣した。

155. ～でなくてなんだろう　　　難道不是～，又是什麼呢？

用法：名詞＋でなくてなんだろう／なくしてなんだろう

✍：強調說「這才是眞正的～」之意。文章語。

➤ 彼は戦場から逃亡し敵軍に投降した。これが売国奴でなくてなんだろう。

➤ 田中社長は部下の仕事での過失の責任を取って辞職した。これがほんとうの経

　営者でなくてなんであろう。

➤ 親は自分を犠牲にしても子を守る。これが親の愛でなくしてなんであろうか。

➤ 彼は本人の前では何も言えないくせに、陰ではいつも悪口ばかり言っている。

　これが卑怯者でなくて、一体なんであろうか。

156. ～ではあるまいし　　　又不是～

用法：名詞or名詞化＋ではあるまいし

✍：口語會話裡常用「～（ん）じゃあるまいし」。

➤ 新人じゃあるまいし、こんな事ぐらい知っているはずだ。

➤ 君も現場にいなかったんじゃあるまいし、何か見たんじゃないのか。

➤ 学生じゃあるまいし、30歳にもなって、親のスネをかじるなんてできないよ。

➤ 部下：これ、先日お世話になったお礼です。つまらない物ですが。

　　課長：おいおい、水臭いぞ。他人じゃあるまいし。

157. ～といったら（ありゃし）ない　　無法形容～／～不得了

用法：い形＋い／名詞＋と言ったらない

✍：「～といったらありゃしない」只表示貶意。多用在口語。

➤ 大型連休の時の高速道路の渋滞といったらない。

➤ 課長の歌、音痴といったらありゃしない。

➤ 稲佐山の上から見る夕陽の美しさといったら他にはないだろう。

➤ あんなに練習したのに、スピーチ大会で緊張してうまくできなかった。悔しいと言ったらありゃしない。

158. ～ばこそ…　　　　　　　　正因為～才…

用法：条件形＋こそ

✍：表示理由的強調。不能用在負面的句子裡。

➤ 健康な体があればこその人生だ。

➤ これは人間国宝の彼であればこそ作り出すことができた作品だ。

➤ 子供の成長を見ればこそ、私も毎日こうやって一生懸命働く意欲が湧いて来るというものです。

➤ バーゲンセールは値段が安ければこそ売れるのであって、値段が高かったら、誰も買いに来ませんよ。

【練習問題15】

① 最近、娘は夜になると、長電話ばかりして（　　　　）。

② 彼は500ページ（　　　　）小説を、たった一晩で読んでしまった。

③ 遊び場を失って仕方なく家の中で遊ばざるを得ない都会の子供たちが可哀想に思えて（　　　　）。

④ 無差別テロなんて、非道（　　　　）愚劣な行為だ。

⑤ あくまでも平和主義を貫く。これが被爆国の使命で（　　　　）。

⑥ 海外に長く住んでいると、おふくろの手料理が食べたくて（　　　　）時がある。

⑦ この山頂から見渡す雄大な景色の美しさ（　　　　）。

⑧ 去年はだめだったが、今年（　　　　）絶対合格して見せるぞ。

⑨ 私はゴキブリが全く苦手だ。あの色（　　　　）、おぞましい。見ただけでジン麻疹が出て来る。

⑩ おもしろい（　　　　）、祖父も父も私も孫も全部午年なんですよ。

⑪ ぼく（　　　　）知っているのに、会社一の情報通の君が知らないなんて、おかしいよ。

⑫ 父は癇癪持ちだから、一旦怒った（　　　　）、手の付けようがない。

⑬ 素人（　　　　）、こんなことぐらい朝飯前だろう。

⑭ 愛する子供や妻がいれ（　　　　）、こうやって毎日一生懸命働けるというものだ。

a.が最後	b.極まりない	c.からある	d.じゃあるまいし
e.でさえ	f.ばこそ	g.からして	h.と言ったらない
i.こそ	j.ならない	k.しようがない	l.たまらない
m.ことに	n.なくてなんだろう		

１６． 強調（II）

2級	1級
159．どころか	165．をものともせず
160．なんか／など／なんて	166．ないではおかない
161．にかかわらず	166．ずにはおかない
161．にかかわりなく	167．ないではすまない
162．にもかかわらず	167．ずにはすまない
163．もかまわず	168．すら／ですら
163．にもかまわず	169．だに
164．ないではいられない	170．たりとも
164．ずにはいられない	171．ともあろう
	172．を余儀なくされる
	172．を余儀なくさせる

159．～どころか…　　　　　　不但不～・反面…

用法：動詞・普通形／い形・い／な形・な／名詞＋どころか

✍：哪裡～反面…／不但不～反面…

➤ 天気予報では雨だったのに、雨が降るどころか、雲一つない快晴だ。

➤ 彼は日本語が話せるどころか、簡単な挨拶さえできません。

➤ こんなに一生懸命働いているのに、生活は楽になるどころか、逆に苦しくなるばかりです。

➤ 相手が一方的に悪いのに、謝るどころか、逆にこちらに食ってかかる。

160. ～なんか／など／なんて　　　輕視／不值一談

用法：名詞＋など／なんか／なんて

　✍：表示說話者認為該事情是不值一談或輕視。多用在口語。

➤ あなたなんか大嫌い！

➤ テストなんて、この世からなくなればいいのに。

➤ 彼の言うことなど、絶対信じちゃだめだ！

➤ 隆史、パチンコなんかしちゃだめだよ。負けるに決まってんだから。

161. ～にかかわらず／にかかわりなく　　　不管～・跟～沒有關係

用法：名詞＋にかかわらず

　✍：使用程度名詞或相對詞表示跟～沒有關係／不管～

　　程度名詞：長さ・身長・体重・地位・経験・成績・金額・能力…

　　相對名詞：多少・有無・あるなし・善し悪し・賛否・長短…

➤ 当日の天候にかかわらず、運動会は予定通り実施いたします。

➤ 実務経験のあるなしにかかわらず、同じ条件で採用いたします。

➤ この塾は成績にかからわず、誰でも入学できます。

➤ 我が社は今後の経営状況の如何にかかわらず、向こう5年間で1000人の人員
削減を断行します。

162. ～にもかかわらず…　　　　　　　～，卻…／預料之外／冒著～

用法：論文型＋にかかわらず。但是「である」可省略。

　✍：雖然～，但是…後文接意外、驚訝、不滿的句子。稍微硬的說法。

➤ 彼は大学に合格したにもかかわらず、経済的理由で進学を諦めた。

➤ もう4月になったにもかかわらず、桜が開花しない。

➤ A教授は仕事で多忙にもかかわらず、私のために時間を割いて修士論文を見てくださった。

➤ 今日は平日であるにもかかわらず、歳末のせいかデパートは買い物客で終日ごった返していた。

163. ～（に）もかまわず　　　不顧～

用法：名詞or名詞化＋（に）もかまわず

　✍：不把～放在心上。貶意多。

➤ 彼は雨に濡れるのもかまわず、外へ飛び出していった。

➤ やくざ風の男が駅のホームにいるのにもかまわず、たばこを吸っている。

➤ 父は客の前なのにもかまわず、怒鳴り出した。

➤ 彼は電車の中なのにもかまわず、大声で携帯電話を掛けている。

164. ～ないではいられない／ずにはいられない　　不能不～／忍不住～

用法：動詞・ない形＋ないではいられない／ずにはいられない

　　　○○します　→　○○せずにはいられない

　✍：忍不住～、控制不注～（身體、心理的反應都可以表示）。

➤ 会議中、いつもの課長のつまらない話についつい居眠りせずにはいられなかった。

➤ 店の前に人がたくさん並んでいたので、思わず足を止めて中をのぞかないではいられなかった。

➤ 津波の被害を受けた国々の早い復興を願わないではいられません。

➤ 教師と言えども生身の人間だ。手を出さずにはいられない時だってあるだろう。

165. ～をものともせずに　　　不把～放在眼裡，儘管…

用法：名詞＋をものともせず

✍：表示不把～放在眼裡，勇敢、大膽地去做之意。

➤ 首相は周囲の批判をものともせず、初心を貫いて靖国参拝を敢行した。

➤ 彼は天候の悪条件をものともせず、単独で頂上へ向かった。

➤ 彼女は女性というハンディキャップをものともせず、果敢に男性社会に飛び込んで行った。

➤ 彼は障害者という条件をものともせず、いろいろな事に挑戦している。

166. ～ずにはおかない／～ないではおかない　　一定要～／不會不～

用法：動詞・ない形＋ずにはおかない／ないではおかない

　　　～する　⇒　～せずにはおかない

✍：站在動作主體立場（加害、處罰、攻擊、吸引等動作主）的說法。

➤ 僕は今月三度目の遅刻だ。今度遅刻したら、会社は減給せずにはおかないだろう。

➤ 今度攻撃されたら、イスラエルも報復せずにはおかないだろう。

➤ 彼の絵は見る人を引き付けずにはおかない魅力がある。

➤ この映画は世界の人に感動を与えずにはおかないだろう。

167. ～ずにはすまない／～ないではすまない　　非受到～不可

用法：動詞・ない形＋ずには済まない／ないでは済まない

✍：因爲前面的理由，不得不～、免不了～、非受到～不可。
　　站在被動作者的立場比較多。

➤ 僕は今月三度目の遅刻だ。今度遅刻したら、会社に減給されないでは済まない

だろう。

➤ 在学中、いろいろお世話になった教授だ。卒業前に一度挨拶に行かずには済ま

ないだろう。

➤ 借りた本をなくしたのだから、弁償せずには済まない。

➤ 日本では、社員が犯した会社に関わる犯罪やトラブルであれば、上司や社長も

その責任を取らずには済まない社会である。

✌ 「～ずにはおかない」「～ずにはすまない」 ✌

会社の公金を使ったのだから、会社はあなたを首にせずにはおかないだろう。

（公司一定會解雇你。）

会社の公金を使ったのだから、あなたは首にならずにはすまないだろう。

（你一定會被公司解雇。）

---

168. ～すら／～ですら　　　　　連～都

用法：名詞＋すら

✍：強調前面的名詞，連～都這樣，其他就不用說了之意。文章語。

➤ こんな事、素人の私ですら知っていますよ。

➤ 彼は日曜日すら出勤しているから、平日の忙しさが想像できる。

➤ 今度の新入社員、まともに挨拶すらできない。

➤ 彼は授業に教科書はもちろん、筆記用具すら持って来ません。いつも手ぶらな

んですよ。変わった学生です。

121

169. ～だに　　　　　　　　連～都不

用法：動詞・辞書形／名詞＋だに

✍：接在「思う」「考える」「想像する」等的表示思考方面的動詞的後面。慣用表現多。文章語。

➤ 聞くだに、鳥肌が立つような気持ち悪い話だ。

➤ 彼が司法試験に合格するなど、想像だにできない。

➤ キリストが死海の上を歩いたとは、考えるだに不思議なことだ。

➤ 今振り返って見ると、無為に過ごした青春時代、思うだに悔やまれてならない。

170. ～たりとも　　　　　　　　～也絶不能允許

用法：1＋数量詞＋たりとも＋否定文

✍：表示強調後面的動作。

➤ 彼は一円たりとも無駄にしない倹約家だ。

➤ 真面目な鮫島君は一日たりとも復習を怠りません。

➤ 校正は一字一句たりとも見落とさないように。

➤ 私が子供の時は、一粒たりともご飯を残さずに食べなければならないほど、両親は食べ物に対する躾が厳しかった。

171. ～ともあろう　　　　　　　身爲～，竟然…

用法：名詞＋ともあろう＋名詞

✍：身爲～的人或機關，竟然…。

➤ 経験豊富なベテラン技術者ともあろう彼がミスを犯すとは信じられない。

➤ 大学の教授ともあろう者が、下着泥棒の現行犯で逮捕されるとは、なんともみ

122

っともない。

➢ 警察署の署長ともあろう人が飲酒運転で捕まってしまった。

➢ 自国の代表ともあろうオリンピックの選手が、成田空港で麻薬所持の現行犯で逮捕されてしまった。

---

172. ～を余儀なくされる／余儀なくさせる　　不得已～

用法：名詞＋を余儀なくされる

✍：因爲～，所以不得不～之意。文章語。

➢ 天候によっては、計画の変更を余儀なくされるかもしれない。

➢ 参加者の数によっては、立ち見を余儀なくされる可能性がある。

➢ 資金不足でプロジェクトの中止を余儀なくされた。

➢ 現地住民の激しい排日運動により、日本企業の撤退を余儀なくされた。

【練習問題16】

① 店先に人が並んでいたら何でもいいから、とにかく自分も並んで見（　　　　）のが母の性分だ。

② 選手たちは、35度の猛暑（　　　　）、元気よくスタートして行った。

③ 父は毎日仕事もせずに飲んだくれている。一家の大黒柱（　　　　）、とんだお荷物だよ。

④ メンバー全員が大切な役割を担っている。一人（　　　　）欠かせない。

⑤ この浮気が妻にばれたらどうなるか、想像する（　　　　）恐ろしい。

⑥ 一次試験の成績（　　　　）、全員二次の面接試験を受けてください。

⑦ 来週の友人の結婚披露宴、招待状をもらったんだから、出席せ（　　　　）だろう。

⑧ 彼の音楽には聞く者を感動させ（　　　）魅力がある。

⑨ 英語の教師（　　　）人が、英会話ができないとは、一体どう説明したらいい

のだろうか。

⑩ 彼は今年入社の新人である（　　　）、営業成績は社内でトップだ。

⑪ 誰だって年（　　　）取りたくないよ。

⑫ このレストラン、週末の夜（　　　）こんなにがらがらだよ。平日なんて一日

中閑古鳥が鳴いているよ。

⑬ 主催者側の不手際により、開会延長を（　　　）。

⑭ サッカー選手Aは審判員の度重なる警告（　　　）反則を続け、結局退場にな

ってしまった。

a.たりとも	b.ですら	c.なんて
d.どころか	e.だに	f.ずにはすまない
g.ずにはおかない	h.ずにはいられない	i.にもかかわらず
j.にかかわらず	k.をものともせず	l.ともあろう
m.余儀なくされた	n.にもかまわず	

１７．条件

173. ～次第で（は）　　　　　　　根據～的程度・也會有～

用法：名詞＋次第では

✍：表示含有數量、褒貶、善惡等程度名詞＋次第では。

程度名詞：「成績」「金額」「値段」「努力」「態度」「書き方」…

爲了成立後文的內容，前文的內容是很重要的要素。請參考No161。

➤ 成績次第では、留年もあり得る。

➤ これからの努力次第では、合格も十分可能です。

➤ 明日運動会を開くかどうかは、天気次第です。

➤ 話し方次第では、相手を傷つけることもある。

174. ～によっては…   根據～的情況，有可能…

用法：名詞＋によっては

✍：根據～的情況，也會有…。如果～的話，也有…的可能性

➤ 店によっては、ペット入店可能なところもある。

➤ 人によっては、肉を全く食べないという人もいる。

➤ 日本の民宿は、時季によっては営業していないことがあるので、予め確認して

おいたほうがいいでしょう。

➤ フォントによっては、文字化けする場合もあるので注意してください。

❦　「次第では」「によっては」　❦

依存度

小 ⟵―――――――――――――――⟶ 大

「AによってはB」　　　　　　　　　　「A次第ではB」

「AによってはB」	「A次第ではB」
AとBの依存度はそんなに強くなく、前件であれば、後件が起きる可能性もある。従って、程度名詞以外にも、「人」「ビル」「国」「本」等の一般名詞にも付くことができる。 A跟B的因果關係沒有像「次第では」那麼強，如果A的話，有可能B的意思。因此A的部分可以接「人」「ビル」「国」「本」等不表示程度的一般名詞。	AとBの依存度が強く、後件の成立に、前件が強く影響を与える。また、前件には「成績」「金額」「努力」「態度」「天気」等の数量の多少、善悪で判断できるような程度名詞が付きやすい。参考№161。 A跟B的因果關係比較強，A影響到B的成立。因此A大都是「成績」「金額」「努力」「態度」「天氣」等表示程度的名詞。請參考No161。

$\begin{cases} \text{合格するかどうかは、すべてあなたの努力次第だ。} \\ \text{合格するかどうかは、その時の運にもよります。} \end{cases}$
　　　　　　　　　　　　　　　　　　　　　　（依存度大）
　　　　　　　　　　　　　　　　　　　　　　（依存度小）

$\left\{\begin{array}{l}\text{宗教によっては、結婚できない国がある。} \qquad (\bigcirc) \\ \text{宗教次第では、結婚できない国がある。} \qquad (\times)\end{array}\right.$

$\left\{\begin{array}{l}\text{商品の価格によっては、客が大幅に減ってしまう。} \quad (\triangle) \\ \text{商品の価格次第で、客が大幅に減ってしまう。} \qquad (\bigcirc)\end{array}\right.$

175. 〜としたら／とすれば／とすると　　假如〜

用法：普通形＋としたら／とすれば／とすると

　✍：表示假定，將來假如〜的話…之意。

➤ もし二ヶ月の休暇があったとしたら、何をしたいですか。

➤ もし余命一ヵ月しかないとしたら、何をしますか。

➤ 外国人が日本で部屋を借りるとすれば、どんなことに注意しなければなりませんか。

➤ もし先方が我々の提案に同意しないとすると、我々の損失はかなりの額になるかもしれませんね。

176. 〜ものなら…　　　　如果（能夠）〜的話，就…（發生嚴重的事）

用法：1．可能動詞・辞書形／動詞・ない形＋ない＋ものなら

　✍：如果（能夠）〜的話，就…。

用法：2．意向形＋ものなら

　✍：如果〜的話，就…（發生嚴重的事情）。No279參照。

➤ 来ないものなら、最初から申し込まなければいいのに。

➤ 死ねるものなら死んで見ろ。お前にそんな勇気なんかないだろう。

➤ こんなおばさんでも、もしきれいになれるものなら、どんなにお金を出してもいいから、きれいにしてちょうだい。

➤ この浮気が妻にばれようものなら、即刻離婚だ。

➤ この妹のケーキを食べようものなら、大変なことになるよ。食い物の恨みは怖いって言うからね。

177. 〜てからでないと／てからでなければ　　沒有〜的話・就…

用法：て形＋からでないと

✍：如果不〜的話，就做不到後面的事情。必須先〜，才能做…。

➤ この会議室は許可をもらってからでないと、使用できません。

➤ ある程度の文法をマスターしてからでなければ、新聞読解は難しい。

➤ この件は上司に相談してからでないと、私個人では決められません。

➤ 日本では二十歳になってからでないと、酒もタバコもできません。

178. 〜ないことには…　　　　　如果不〜就…

用法：動詞・ない形＋ないことには

✍：如果沒有〜的話，就不能…。前面的事情是不可或缺的事情。

➤ 本人に聞いてみないことには、事実かどうかはわからない。

➤ 実際にやって見ないことには、できるかどうかわかりません。

➤ この病気は手術をしないことには、治らないだろう。

➤ 更なる努力をしないことには、この壁を乗り越えることはできない。

179. 〜さえ〜ば…　　　　　　只要〜就…

用法：動詞・ます形＋さえすれば／名詞・さえ＋動詞・条件形

　　　い形・くさえあれば／な形・（で）さえあれば

✍：只要〜的話，就…。

➤ 家の旦那は暇さえあれば、パチンコへ通っている。

128

➤ この電子辞書さえあれば、鬼に金棒。

➤ 人生、健康で楽しくさえあれば、お金なんて二の次だ。

➤ 靴は、丈夫で長持ちさえすれば、デザインはそんなに大切じゃないと思う。

180. ～あっての…　　　　　　　　先有～才有…

用法：名詞＋（が）あっての

✎：先有～，才會成立後面的事情。

➤ ファンあってのプロ野球である。ファンがいなかったらプロ野球は存在しない。

➤ 健康な体あっての人生です。もっと自分の体を大切にしてください。

➤ 両親あっての今のあなたよ。たまには何かしてあげたら。

➤ 今回の彼の行動は、何か考えがあってのものに違いない。

181. ～とあれば　　　　　　　　　如果～的話，就～

用法：普通形（名詞、な形可省「だ」）＋とあれば

✎：如果～的話，那就應該…之意。將來發生的事情或已經發生的事情都可以使用。

➤ 父が病気で倒れたとあれば、一人息子の僕が後を継がないわけにはいかないんです。

➤ 親友のためとあれば、たとえ火の中水の中、一肌脱ぐのが男ってもんだ。

➤ 送別会に当の本人が来られないとあれば、送別会をする意味がないじゃないか。

➤ 先方のたっての願いとあれば、引き受けないわけにはいくまい。

182. ～いかんだ／～いかんで（は）　　要看～如何，…

用法：名詞（の）＋如何で

　🖉：是否發生或成立某種事情是要看～如何之意。用法是跟「次第で」差不多一樣的。稍微生硬的感覺。

➤ 客商売は店員の態度いかんで、売り上げに大きく影響が出る。

➤ 説明の如何で、相手が誤解する可能性もある。

➤ この仕事を引き受けるかどうかは社長の判断如何だ。

➤ 歴史はその人の考え方如何で、どうにでも解釈できる。

183. ～如何では／如何によっては　　根據～的情況，也會有…

用法：名詞（の）＋如何では

　🖉：根據～的情況，也會有…的可能性。文章語。

➤ これからのあなたの努力如何では、能力試験1級に合格できるかもしれません。頑張ってください。

➤ 気圧配置いかんでは、台風が日本に上陸する恐れもある。

➤ 憲法の解釈いかんによって、自衛隊の海外派遣も合憲になる。

➤ 相手の出方如何によっては、こちらも戦略を変えなければならない。

184. ～如何によらず／～如何にかかわらず　　不管～

用法：名詞・の＋いかんによらず

　🖉：不管～怎麼樣，…。

➤ 天候の如何によらず、試合は予定どおり行います。

➤ このボランティアには、性別、出身、学歴などの如何にかかわらず、誰でも参加することができます。

➤ 理由の如何にかかわらず、納入した学費は返却いたしません。

➤ 会社の業績の如何にかかわらず、しばらく設備投資を控えなければならない。

185. ～う（よう）が～まいが／～う（よう）と～まいと　　不管～還是…

用法：意向形＋が、辞書形＋まいが

✍：重複使用同一個動詞表示不管～還是…。

➤ 彼が合格しようがするまいが、私の知ったことじゃない。

➤ 両親が反対しようがするまいが、私は彼と結婚します。

➤ 彼が来ようが来るまいが、会議は定刻に始めます。

➤ 彼は相手が聞こうが聞くまいが、傍若無人な態度で自分の主張を一方的にまくし立てた。

【練習問題17】

① 彼は雨が降ろうが降る（　　　）、早朝の散歩を絶対欠かさない。

② 努力（　　　）、まだ十分合格の可能性がありますよ。

③ 国（　　　）、離婚が犯罪のところもある。

④ このサイトの画像は理由の（　　　）、転載を禁止いたします。

⑤ この薬は食事をし（　　　）、飲むことができません。

⑥ 勉強方法を変え（　　　）、上達は望めない。

⑦ もう一度学生時代に戻れる（　　　）、戻って見たい。

⑧ 彼女は暇（　　　）あれば、海外旅行している結構な身分だ。

⑨ 授業料はすべて一括前納である。但し、理由の（　　　）、分割或いは免除になる場合もある。

⑩ 国民（　　　）政治ですよ。国民不在の政治は真っ平です。

⑪ 資金が足りない（　　　　）、このプロジェクトは中止せざるを得ない。

⑫ 秘書の杉本優子さんを花にたとえる（　　　　）、ヒマワリだろう。

a.あっての	b.まいが	c.とあれば	d.如何によっては
e.としたら	f.次第では	g.によっては	h.如何にかかわらず
i.さえ	j.ものなら	k.てからでないと	l.ないことには

18. 譲歩・逆接

186. （たとえ）〜ても…　　　即使〜也…

用法：動詞・て形＋も／い形・くて＋も／な形、名詞＋でも

✍：即使〜也還是…之意。

➤ 主人は風邪を引いても、絶対病院へ行きません。

➤ 歌が好きでも、カラオケではあまり歌いません。

➤ たとえどんな問題にぶつかっても、私は他人に頼りません。

➤ 明日天気がよくても、どこも行かないで、家で勉強するつもりです。

187. 〜としても…　　　即使〜也…

用法：普通形＋としても

✍：表示假設。事實不是〜，但是假如〜也還是…之意。

➤ 今はまだ独身ですが、もし将来結婚したとしても、今の会社を辞めるつもりは
ありません。

➤ たとえ会社を首になったとしても、これだけの蓄えがあれば、しばらくは大丈
夫だと思う。

➤ 私が社長の立場だったとしても、やはり同じようなことをするでしょう。

➤ 彼女との結婚のことはまだ両親に話していませんが、たとえ両親に反対された
としても、諦めません。

---

188. ～つつ（も）　　　　　雖然～但是

用法：動詞・ます形＋つつ（も）

　　✍：表示説話者的反省、後悔等感情。文章語。

➤ いけないことと知りつつも、つい人の物を盗んでしまった。

➤ 今度こそ彼女ときっぱり別れようと思いつつ、いつまでたっても別れることが
できない自分が情けない。

➤ お世話になった先生にお礼の手紙を書こうと思いつつも、筆不精で、まだ書い
ていない。

➤ 手術を前に、夫は口では大丈夫だよと言いつつ、内心ではかなり不安であるに
違いない。

---

189. ～と（は）言っても／とは言うものの　　　雖然～但…

用法：普通形型＋と（は）言っても／と（は）言うものの

　　　（名詞、な形　可省略「だ」）

　　✍：雖然～，但是還不到所那個程度，只有…的輕微程度而已或最多也…的
　　　程度之意。前文跟後文的主詞是一樣。

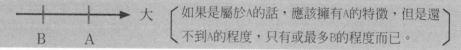

B　　A　　大　｛ 如果是屬於A的話，應該擁有A的特徵，但是還 不到A的程度，只有或最多B的程度而已。｝

➤ 宝くじが当たったと言っても、たったの1000円ですよ。

➤ 旅行とは言っても、日帰りです。

➤ 怪我をしたとは言っても、ほんのかすり傷です。大丈夫です。

➤ 最近、ニュースで景気が回復しているとは言うものの、毎日の生活で実感するほどのものではないと思います。

190. ～ながら…　　　　雖然～但…

用法：状態性動詞・ます形／い形・い／な形・（であり）／名詞＋（であり）＋ながら

✍：雖然～但是…。慣用表現多。

➤ 悪い事とは知りながら、つい手を出してしまった。

➤ このパソコン、小型ながら機能が充実している。

➤ 佐々木さんは新人ながらも、営業成績はトップですよ。

➤ 残念ながら、お客様のご要望にはお答えできません。

☞【よく使う慣用表現】

残念ながら・恥ずかしながら・勝手ながら・及ばずながら・恐れながら

陰ながら・我ながら・不本意ながら・わずかながら…

191. ～にしろ／にせよ／にしても　　就算是～但…／無論～

用法：普通形＋にしろ（名詞、な形は不加「だ」or＋である）

✍：雖然～但是還是…後文表示說話者的評價、判斷。

➤ いくら新人にしろ、このくらいのことは常識でわかるはずだ。

➤ 数日の海外旅行であるにしろ、保険には入って行った方がいい。

➤ 病み上がりで、食欲がないにせよ、何か食べたほうがいい。

➤ 本人がしたことじゃないにしろ、その直属の部下がしたことだから、その上司

も責任は免れないと思う。

➤ 試験に合格したにせよ、合格しなかったにせよ、結果はすべて封書にて通知いたします。

➤ 災害はいつ来るかわからないにせよ、備えはしておかなければならない。

192. ～くせに、…　　　　　　　　　　～，卻…

用法：名詞修飾型＋くせに

✍：～，卻（責備、批評、不満）。口語多用。

➤ 知らないくせに、知った振りをする。

➤ 男のくせに、意気地がないんだから。

➤ さっき食べたくせに、また食べてるよ。

➤ 子供のくせに、でかい口をたたくんじゃないよ。

193. ～からと言って…　　　　　　　　　並非～／不必～

用法：普通形＋からと言って

✍：並不全部都～／不必因為～所以…。後文接否定句。

➤ 日本へ留学したことがあるからと言って、流暢に話せるとは限らない。

➤ 只だからと言って、そんなに無駄遣いしてはいけません。

➤ 安いからといって、要らない物まで買うことはない。

➤ この事を知らないからと言って、別に恥にはならない。

194. ～たところで　　　　　　　　即使～也（得不到所期待的結果）

用法：た形＋ところで

✍：後句文接否定形，即使～也得不到所期待的結果之意。

➤ 今更彼を説得したところで、考えを変えることはないだろう。

➢ 末期ガン患者に、いくら治療をしたところで、気休めにしかならない。

➢ 今から一夜漬けで勉強したところで、高が知れている。

➢ ノンキャリア組の俺がこれから順調に出世したところで、せいぜい課長補佐が関の山だろう。

195. ～と（は）言えども…　　即使～也…／雖然～但是…

用法：普通形（名詞、な形可省「だ」）＋といえども

✍：雖然～（社會上的地位、事情等程度沒有那麼大）但是起碼有…。文章語。

小 ─┼──┼──→ ｛ 如果屬於A的話，應該擁有A的特徵，但是即
　　 B　 A 　　 使屬於A，起碼擁有B的特徵。 ｝

➢ 「親しき仲にも礼儀あり」、親子といえども、最低の礼儀は必要だ。

➢ いくら温和な彼といえども、そんなこと言われたら怒るに決まっている。

➢ まったく事件に関与していないと言えども、現場にいたのだから、疑われてもしかたがない。

➢ たかが風邪と言えども、油断しないほうがいい。「風邪は万病の元」と言われるくらいだから。

～～～～～～～～～～～～～～～～～～～～～～～～

✌　「とは言っても」「と言えども」　✌

｛ 12歳の学生とは言っても、まだ気持ちは子供だ。　　（○）

／雖然已是12歳的學生，但是他的想法還是小孩子的。

12歳の学生と言えども、自分の意見ぐらいある。　　（○）

／即使只有12歳的學生起碼有自己的意見。

～～～～～～～～～～～～～～～～～～～～～～～～

196. 〜と思いきや…　　　　　　原以為〜，但是沒想到…

用法：普通形＋と思いきや

✍：原本以為〜，但是預料之外…之意。

➢ 今年はたぶん不合格だろうと思いきや、まぐれで合格だった。

➢ 平日のデパートだから人が少ないと思いきや、けっこう人が多かった。

➢ 全然知らないだろうと思いきや、彼はとっくに僕が会社を辞めることを知っていた。

➢ 彼女はアメリカに10年も住んでいたから、英語がぺらぺらだと思いきや、意外にも片言しか話せないので、びっくりした。

197. 〜とは言え…　　　　　　雖然〜但是…

用法：普通形（名詞、な形可省「だ」）＋とはいえ

✍：如果〜的話，當然不是…，但是相反地…。

後文表示說話者的判斷、意見。

➢ もう秋の彼岸とは言え、今年はまだまだ残暑が厳しい。

➢ 神に仕える身の牧師とは言え、羽目を外したくなる時だってあるだろう。

➢ 主婦とは言え、やることは山ほどある。

➢ いくら金に困っていたからとは言え、人の物を盗むのは許される行為ではない。

198. 〜ないまでも…　　　　　　雖然不〜，但是…

用法：動詞・ない形＋ないまでも

✍：雖然還不到〜的程度，但是至少也…之意。

➢ 全部とは言わないまでも、知っているだけでもいいですから、話してくださ

い。

➤ 日常会話はまだ話せないまでも、簡単な自己紹介ならできますよ。

➤ 収入はこれで満足とは言えないまでも、多少の貯金はできます。

➤ 長期留学とは言わないまでも、短期間のホーム・スティでもいいから、してみ

たい。

---

199. 〜ながらも…　　　　　　　雖然〜，但是…

用法：動詞・ます形／い形・非過去式／な形、名詞・（であり）＋ながらも

✍：跟「ながら」比起來，後句文內容的意外性（逆接性）比較大。

　　稍微鄭重的說法。

➤ 彼は高い地位にありながらも、常に謙虚に人に接した。

➤ 私は表面では同意しながらも、何か納得いかないものがあった。

➤ 我が家は貧しいながらも、楽しい家庭です。

➤ 彼は事件の核心を知りながらも、自己保身のために、ひたすら黙秘を貫いた。

---

200. 〜にしたって／〜としたところで　　即使〜也還是…

用法：名詞＋にしたって／にしたところで

　　　名詞＋としたところで／としたって

✍：即使〜也還是那樣，不用說其他之意。貶意多。

➤ 専門家にしたってわからないのに、素人の私にわかるわけがない。

➤ 平日にしたってこの混雑なんだから、土日の様子は容易に想像できるでしょ

う。

➤ 彼には自分の発想がない。今回の作品にしたって何かの真似に違いない。

➤ 今回の賃上げ交渉の妥結額は、経営者側には不満があろうが、組合側にしたっ

て満足のいくものではない。

201. 〜ものを	假如〜的話，就不會…

用法：動詞・普通形／い形・い／な形・な＋ものを

✍：常用在假想的句子裡。（假如〜的話就〜。但是事實是相反地〜）之意。表示後悔、遺憾、責備的感情。

➤ 学生時代にもっと真面目に勉強しておけばよかったものを。

➤ 今から出発すれば、まだ間に合うものを。どうして早く出かけないのだろうか。

➤ 悩みがあれば、私の所へ相談に来ればよかったものを、今となってはもう手遅れだ。

➤ 慎重に校正していれば、こんな正誤表は付けなくてよかったものを。残念でしかたがない。

【練習問題18】

① 一度ぐらい試験に落ちた（　　　　）、そんなにがっかりすることはないよ。来年またチャレンジすればいいじゃないか。

② 残念（　　　　）、お客様のご要望には応じられません。

③ 祖父は今年古希を迎える（　　　　）、まだまだ達者だ。

④ 一介の浪人生（　　　　）、二十歳を過ぎたら国民年金も納めなければならないし、選挙の時には、投票もしなければならない。

⑤ 先日お世話になったお隣さんにご挨拶しようと思い（　　　　）、つい言いそびれてしまった。

⑥ 飲めない（　　　　）、そんなに無理して飲むことはないよ。

⑦ A：先輩、就職するんですか、それとも大学院の方へ進むんですか。

B：まだ決めてないけど、どっち（　　　　）地元にはいるつもりだ。

⑧ 今更謝った（　　　）、もう遅い。

⑨ 私は風邪を引い（　　　）、病院には絶対に行きません。

⑩ 今シーズン、Ａ選手の活躍はもう無理だろう（　　　）、シーズン後半で見事

　な活躍を見せ、ファンの期待に応えてくれた。

⑪ 仮に生まれ変わった（　　　）、やっぱり男に生まれ変わりたい。

⑫ 分らなかったら、先生に聞けばいい（　　　）。

⑬ Ａ先生、えこ贔屓とは言え（　　　）、ちょっと女子に甘い所がある。

⑭ コンピューターに詳しい（　　　）、簡単な修理ができるくらいだ。

⑮ 僕（　　　）会社には多少不満がある。みんなもきっと同じだろう。

a.ても	b.と言えども	c.にしろ	d.と思いきや
e.ところで	f.としても	g.とは言っても	h.ながら
i.くせに	j.つつも	k.とは言え	l.ものを
m.ないまでも	n.にしたって	o.からと言って	

19. 付帯・非付帯（I）

2級	1級
202. はさておき	212. ながらに
203. はともかく（として）	212. ながらの
204. （を）ぬきに／（を）ぬきで	
205. をぬきにして／はぬきにして	
206. をぬきにして〜ない	
207. を込めて	
208. と共に	
209. に従って	
210. につれて	
211. に伴って	

202. 〜はさておき、　　　　　暫時不談〜

用法：名詞＋はさておき

　✍：因爲不那麼重要或不那麼急，所以先放在擱旁或暫時不談〜。

➤ 大学卒業後の進路はさておき、今は卒業論文に集中する時だ。

➤ その件はさておき、ちょっと一服しようじゃないか。

➤ 仕事のことはさておき、とにかく今は一刻も早く手術することです。

➤ まあ、冗談はさておき、ところで、例の件はどうなっているんだ。

203. 〜はともかく（として）　　　先別説〜，現在更重要的事情是…

用法：名詞＋はともかく（として）

　✍：先別説〜，現在比〜更重要的事情是…。另外，句子裡可以當副詞。

➤ 私のことはともかく、自分のことを心配しなさい。

➤ 今度入社した大山君、容姿のことはともかく、声がきれいだから、交換台に持って来いじゃないか。

➤ 明日の予定はともかく、今は今晩の宿を見つけなければならない。

➤ 交通事故を起こしたら、車のことや示談のことはともかく、すぐ警察に連絡することです。

➤ 宅急便でも速達でもいいから、ともかく今日中に出してくれ。

204. ～（を）ぬきに／（を）ぬきで　省去～、去掉～、不包含～

用法：名詞（を）＋ぬきで／ぬきに

✍：可接具體的東西和抽象的事情。

具体的な物…アルコール・手・税金・付属品…

抽象的な事…挨拶・歴史・文化・愛情・話…

➤ アルコール抜きでコンパなんて、盛り上がらないよ。

➤ 乾燥重量とは、ガソリン抜きの車体だけの重さです。

➤ 皆様のご協力抜きには、この事業の成功はありませんでした。

➤ このノート・パソコンは、付属品抜きの本体だけの重さは1.2kgしかありません。

205. ～をぬきにして／～はぬきにして　省去～／不包含～

用法：名詞＋をぬきにして

✍：抽象的事情比較合適。

➤ 挨拶はぬきにして、早速本題に入ろう。

➤ 政治の問題は感情をぬきにして、客観的に語らなければならない。

➤ 二次会は無礼講だから、硬い話はぬきにしよう。

➤ 今日の会議は立場の違いは抜きにして、忌憚のないご意見を期待します。

206. 〜をぬきに（して）…ない　　　　没有〜就不可能…

用法：名詞＋をぬきにして

✍：如果没有〜的話，就不能…之意。抽象的事情比較合適。

➤ 近代資本主義の確立は、英国の産業革命を抜きにしては考えられない。

➤ 多くのファンの声援を抜きにして今回の優勝はありませんでした。

➤ 指導教授の厳しい叱咤と温かいご指導をぬきにして、この論文は完成しなかったでしょう。

➤ 資本主義精神の誕生は、プロテスタンティズムの倫理を抜きにしては考えられないとマックス・ウェーバーが説いている。

207. 〜を込めて　　　　　　　　　　傾注〜、注入〜

用法：名詞＋を込めて

✍：（愛、心、祈り、願い、期待、力…）＋を込めて等慣用表現多。

➤ 子供のために愛情を込めて弁当を作る。

➤ 力を込めてドアを押したが、開かなかった。

➤ 世界平和の願いを込めて、千羽鶴を折った。

➤ 元日に神社へ行って、新年の願いを込めて祈願した。

208. 〜とともに　　　　1．隨著〜　2．同時也是〜　3．和〜一起

用法：動詞・辞書形／名詞＋とともに

✍：文章語。

1．隨著〜　　可以接非変化語＋とともに。跟3的「和〜一起」相近。

➤ 年収とともに、所得税も変わる。

➤ 世界中で無差別テロが拡大するとともに、厳重な入国審査が行われるようにな

った。

➢ インターネットの普及とともに、それを悪用した犯罪も後を絶たない。

2．同時也是～

➢ 彼は大学教授であると共に、有名な作家でもある。

➢ 現代は情報が溢れている時代であるとともに、人間関係が希薄な時代でもある。

➢ 高度経済成長時代は、国民の生活が豊かになると共に、公害や自然破壊など多くの犠牲を払った時代でもある。

3．和～一起

➢ ツバメとともに春がやって来た。

➢ 彼は少年時代、父と共に渡仏したことがある。

➢ 1月2日皇居の新年一般参賀に天皇皇后両陛下が共にお出ましになった。

209．～に従って　　　　　　　1．随著～　2．依照～　3．陪～

用法：動詞・辞書形／名詞＋に従って

　　✍：後文可接意志文。

1．随著～

➢ 女性の社会進出の増加に従って、離婚率も高くなってきた。

➢ 学生数の増減に従って、先生の数も調整するつもりです。

2．依照～

➢ 憲法に従って法律を制定する。

➢ 社命に従って、大阪へ転勤する。

3. 陪～

➤ 社長に従って、海外へ出張した。

➤ マラソンランナーが先導車の白バイに従って走っている。

---

210. ～につれて　　　　　　　　随著～

用法：動詞・辞書形／名詞＋につれて

　　✍：前後文都是表示變化的內容。後文不能接意志文。

➤ 歳月が流れるにつれて、記憶も薄れて行った。

➤ 高度の上昇につれて、気温も低下する。

➤ 捜査が進むにつれて、事件の真相が明らかになってきた。

➤ 国際化が進むにつれて、英語の重要性が増して来る。

➤ 歌は世につれ、世は歌につれ。

---

211. ～に伴って　1. 隨著～　2. ～的時候一起　3. 跟隨著、陪同～

用法：動詞・辞書形／名詞＋に伴って

　　✍：後文可接意志文。文章語。

1. 隨著～

➤ 交通量の増加に伴って、事故も増えている。

➤ 会社での地位が上がるに伴って、責任も重くなって来る。

---

2. ～的時候一起舉辦某種事情

➤ 某大統領の来日に伴って、迎賓館で歓迎レセプションが催された。

➤ 新会社の設立に伴って、多くの人材がヘッドハンティングされた。

---

3. 陪同～

146

➤ 社長に伴ってアメリカへ出張した。

➤ 彼は第45次南極観測隊に伴って、オゾンホールの調査を行った。

212. ～ながらに／ながらの　　　保持～的狀態・就～

用法：名詞＋ながらに

✍：保持～的狀態之意。大都是慣用句。

➤ 祖母は涙ながらに原爆の体験を話してくれた。

➤ 彼女は生まれながらに語学の才能が備わっている。

➤ この街には昔ながらの古い町並みが今でも残っている。

➤ 父は休日でも、いつもながらに朝早く起きて散歩を欠かさない。

【練習問題19】

① 冷戦で東西対立が高まる（　　　　　）、在日米軍基地の重要性が増した。

② 彼は社命（　　　　　）、欧州へ赴いた。

③ 彼は政府の外交調査団（　　　　　）、欧州へ赴いた。

④ 「双子の赤字」とは、アメリカの国家財政が赤字である（　　　　）、貿易収支
も赤字であることを言う。

⑤ 彼女は生まれ（　　　　　）語学の才能が備わっている。

⑥ まあ、今日は硬い事（　　　　　）、ざっくばらんに話しましょう。

⑦ 核問題（　　　　）、世界平和は語れない。

⑧ 今日は朝10時から午後3時まで昼食（　　　　）会議に出た。

⑨ 後の仕事のことはいいから、（　　　　）今日は早く家へ帰って、ゆっくり休ん
だほうがいいよ。

⑩ それは（　　　　）、仕事が一段落したら、腹ごしらえでもしませんか。

⑪ 愛する子供を失った原告は、憎しみ（　　　）、被告の犯人を睨んだ。

a.に伴って	b.に従って	c.と共に	d.につれて
e.ぬきで	f.ともかく	g.さておき	h.はぬきにして
i.ながらに	j.を込めて	k.をぬきにして	

２０．付帯・非付帯（Ⅱ）

2級	**1級**
213．ついでに	215．かたがた
214．ことなく	216．かたわら
	217．がてら（に）
	218．そばから
	219．つ〜つ
	220．なくして（は）
	221．（こと）なしに（は）

213. 〜ついでに／ついでに〜　　　　順便〜

用法：動詞・辞書形、た形／名詞・の＋ついでに

✐：做某一個動作時，利用那個機會順便做別的動作。

該動作是不具重要的動作。

➤ 銀行へ出かけたついでに、スーパーで買い物して来た。

➤ 床屋で髪を短く切ったついでに、髭も剃ってもらった。

➤ 出かけるんだったら、ついでにこの手紙も出して来てちょうだい。

➤ ガソリンスタンドで給油のついでに、タイヤの空気圧とオイルもチェックして
もらった。

214. 〜ことなく…　　　　　　　沒有〜就…

用法：辞書形＋ことなく

✐：不〜而…（≒ないで）。鄭重的説法。

➤ 今年は風邪一つ引くことなく、健康で平和な一年であった。

➤ 一人の反対者が出ることもなく、すんなりと法案が成立した。

➤ 容疑者は誰からも疑われることなく、国外逃亡した。

➤ 高速道路で大した渋滞に遭うことなく、順調に帰省することができた。

---

215. 〜かたがた…　　　　　　　　〜，順便兼做…

用法：動作性名詞＋かたがた

✑：一個動作有兩個主要目的（多用在訪問、挨拶、お礼等人際關係的正式行爲）。

➤ 推薦状を書いて頂いたお礼かたがた、A先生の研究室へ挨拶に行った。

➤ お見舞いかたがた、病床の友人を訪ねた。

➤ 日頃のご無沙汰のお詫びかたがた、指導教授に暑中見舞いを出した。

➤ 久しぶりに東京へ来たので、挨拶かたがた大学時代の先輩を訪ねた。

---

216. 〜かたわら…　　　　　　　　〜，同時還做…

用法：動詞・辞書形／名詞＋かたわら

✑：做主要的〜動作，還做…（多用在身兼多職之意）。

➤ 彼は大学教師のかたわら、カルチャーセンターの講師も務めている。

➤ 父は自営の米屋のかたわら、町内の消防団でも活動している。

➤ 彼女は主婦のかたわら、地域のボランティア活動にも積極的に参加している。

➤ 彼は専門の経済の本を出すかたわら、趣味の料理の本も出すほど多才な人だ。

---

217. 〜がてら（に）…　　　　　　　〜同時順便做…

用法：動詞・ます形／動作性名詞＋がてら（に）

✑：做〜，同時順便到…之意。一個動作有兩個目的。跟「かたがた」不一樣，對說話者來講該動作是並不重要的動作。

➤ 運動がてらに、ちょっとスーパーまで買い物に行って来る。

➤ ちょっと冷やかしがてらに、露天をのぞいて見る。

➤ 友人の家の近くまで来たので、挨拶がてらにちょっと寄って見た。

➤ 妻：あなた、散歩がてらに花見でもしませんか。今千鳥ヶ淵の桜が満開だそう

　　ですよ。

　　夫：そうか。じゃ、散歩がてらに行って見るか。

218. ～そばから…　　　　　　　　剛～就…

用法：動詞・辞書形、た形＋そばから

✍：重複發生同樣的動作。

➤ 最近年を取って、覚えたそばから忘れていく。

➤ さっき注意したそばから、また同じ間違いをしている。

➤ 彼は金を儲けたそばから、湯水の如く使っていく。

➤ ボランティアの人たちが掃除するそばから、心ない登山者たちがゴミを捨てて
行く。ここへ来る登山者は全くマナーがない。

219. ～つ～つ　　　　　　　　　　両種動作交替進行

用法：動詞・ます形＋つ、動詞・ます形＋つ

✍：排列相對動詞表示兩種動作交替進行。慣用句多。

➤ 両選手は抜きつ抜かれつ、ゴールまでデッドヒートを繰り広げた。

➤ 行きつ戻りつ、道に迷って、やっと目的地に着いた。

➤ 彼とは持ちつ持たれつの間柄です。

➤ 差しつ差されつ、同僚と酒を酌み交わす。

220. ～なくして（は）…　　　　如果沒有～，就沒有…

用法：名詞＋なくして（は）

✎：如果沒有～（褒意），就沒有…之意。

➤ 社長の許可なくしては決められません。

➤ 先生の厳しいご指導なくしては、今の私はございません。

➤ 男性側の協力なくして子育てをするのは大変だと思う。

➤ 国の援助なくして、この会社の再建は困難だろう。

221. ～（こと）なしに（は）…　　沒有～就…

用法：名詞＋なしに／動詞・辞書形＋ことなしに

✎：前面的事情（應該做的事情）卻不做，再做後面的事情。

後文是否定文或反語文比較多。文章語。

➤ 努力することなしに成功はつかめない。

➤ 著作者の同意なしに、作品の一部を引用することはできない。

➤ 私の娘はあまり苦労することなしに社会へ出たので、これから大変だろうと思う。

➤ こんな重要なことを誰にも相談することなしに、あなた一人の判断で決めていいのですか。

☪　「ついでに」「かたがた」「がてら」「かたわら」

「ことなく」「なくして」「ことなしに」　☪

ついでに	① ＋ ② →	一個行動後，順便再做別的行動。
		後面的行動是不怎麼重要的行動。
かたがた	① ② →	一個行動有兩個目的。
		訪問、挨拶、お礼等計畫性的場合。

がてら	→① ②→	一個行動有兩個目的。 散步、買東西等不是正式場合。
かたわら	→① ②→	職業、職位、任務、興趣等兼任。
ことなく	①→ + ②→ ×	不做前面的動作，就做後面的動作。
なくして（は）	①→ + ②→ × ×	如果沒有前面的事情（褒意），就沒有成立後面的事情。
（こと）なしに	①→ + ②→ × ×	前文表示應該做而不做，就～。 後文是否定、反語多。

【練習問題20】

① 人生が、挫折（　　　　）、すべて順調に進む人は少ないだろう。

② 皆様のご協力（　　　　）、今回の成功はなかったでしょう。

③ 彼女は毎日全く化粧する（　　　　）、出勤する。

④ 帰宅の（　　　　）、スーパーに寄って、夕食のお惣菜を買った。

⑤ この中華料理店は週末の夜になるとてんてこ舞いで、出前の注文を受ける（　　　　）、また次の注文の電話が掛かって来る。

⑥ いつも娘がお世話になっているので、お礼（　　　　）お隣さんへ田舎から送って来たお土産を持って行った。

⑦ 父は忙しい仕事の（　　　　）、暇を見つけては日曜大工に余念がない。

⑧ 今日はいい日和だから、運動（　　　　）、ちょっと出かけて来るか。

a.がてらに	b.なしに	c.かたわら	d.なくしては
e.かたがた	f.ことなく	g.そばから	h.ついでに

２１．基準・伝聞

2級	1級
222．とおりに	231．に即して
223．に応じて	
224．に沿って	
225．に基づいて	
226．を～として／を～にして	
227．を基に（して）	
228．によると／によれば	
229．と言うことだ／とのことだ	
230．とか	

222．～とおりに　　　　　　　　按照～

用法：動詞・辞書形、た形／名詞・の＋とおりに

△：照著～那様，跟～一様。

➢ この説明書のとおりに組み立ててください。

➢ 予報のとおりに、午後から雨が降り出した。

➢ 先生が言ったとおりにしたら、試験に落ちてしまったよ。先生の嘘つき！

➢ 人生は自分が思ったとおりにいくと思ったら大間違いだよ。そんなに甘くないよ。

✌　「ように」と「とおりに」　✌

要求度小　ように　　　　　　　　　　　　　とおりに　要求度大

←――――――――――――――――→

223. 〜に応じて… 　　　　　根據〜來…

用法：程度名詞＋に応じて 　　　　　※程度名詞：参考No174、161

✍：根據〜來決定…後文的事情。

➤ 経験年数に応じて、給料を計算する。

➤ 会社に対する貢献度に応じて、ボーナスを査定する。

➤ 無理をせずに、個人の体力に応じた運動をしたほうがいい。

➤ 私の会社は、自宅からの通勤距離に応じて、交通費を支給します。

224. 〜に沿って 　　　　　響應於〜／滿足於〜

用法：名詞＋にそって

✍：響應於〜／滿足於〜。可接「要望」「期待」「希望」等。

➤ 会社の基本方針に沿って、計画を立案する。

➤ 国民の要望に沿うような政治をしてもらいたい。

➤ 皆様のご期待に沿えなくて、残念です。

➤ 今後もお客様のご要望に沿えるよう、努力する所存です。

✌ 　「に沿って」「に従って」 　✌

従属度小　に沿って 　　　　　　　　　　　　　に従って　従属度大

⟷

225. 〜に基づいて 　　　　　根據〜／基於〜

用法：名詞＋に基づいて

✍：根據〜／基於〜。文章語。

➤ 日本国憲法に基づいて、各種の法律が制定される。

➤ 学術論文には、確かな根拠に基づいた厳密な考察が要求される。

➤ あなたのその主張は、何に基づいたものなんですか。

➤ 警察は犯人の自白に基づいて、現場を捜索し、被害者の遺留品を発見した。

226. 〜を…として／にして　　　以〜爲…

用法：名詞１＋を＋名詞２＋として／にして

✍：以〜爲…。

➤ この会はＡ大学の卒業生をメンバーとして組織されている。

➤ 私は「中世ヨーロッパの教会建築」をテーマにして修士論文を書くつもりです。

➤ 日本人は米を主食とするが、世界にはジャガイモを主食とする国もあるそうだ。

➤ セメスター制というのは、１年を前期と後期に分けて、それぞれ４ヶ月16週間を一学期とする学制のことです。

227. 〜をもとに（して）　　　以〜爲材料、根據〜

用法：名詞＋をもとに

✍：表示來源、材料、根據。後文表示創造的活動。

➤ この調査結果をもとに、卒論を書くつもりです。

➤ Ａ社は、会社に対する社員の貢献度をもとに、給料を査定している。

➤ 現場でインタヴューした資料をもとに、記事を書く。

➤ 「火垂るの墓」は、野坂昭如の小説をもとにアニメ化されたものだ。

228. ～によると／～によれば　　　根據～／聽～說

用法：名詞＋によると

✍：表示消息的來源。通常後文搭配「～そうだ」「～とのことだ」「～って」等。

➤ 今朝のニュースによると、大阪で大きな地震があったって言ってましたよ。

➤ 厚生労働省の調査によれば、2004年度の出生率は1.29だったそうです。

➤ ある研究によると、顔が大きい人は足も大きいそうだ。

➤ 今年、内閣府から発表された経済財政白書によると、「改革なくして成長なし」が標語になっている。

229. ～と言うことだ／～とのことだ　　　聽說～

用法：普通形＋ということだ／とのことだ

✍：轉達的說法。聽說～／說是～。

➤ 部長は今日の会議に出席できないとのことです。

➤ 今朝のニュースによると、台風が日本に接近しているとのことだ。

➤ この賑やかな日比谷界隈も、江戸初期は小さな漁村だったということだ。

➤ ある確かな消息筋によると、A国の元大統領がアメリカに亡命したとのことだ。

230. ～とか　　　　　　　　　　　　聽說～

用法：普通形型＋とか

✍：口語常用的委婉的表達方式。聽說好像～。

➤ 田中の話によると、来週の体育、休講だとか言ってたけど。

➤ 昨日の飛行機墜落事故で、かなり人が死んだとかよ。怖いね。

➤ 先生、最近ご結婚なさったとか。おめでとうございます。

➤ 今朝の新聞に、原油価格が上がるとか書いてたけど、これじゃ、また景気が悪くなりそうだね。

---

231. 〜に即して　　　　　　　　　根據〜／按照〜

用法：非程度名詞＋に即して　　　　　※非程度名詞：参考No174

✐：〜に即して＋動詞／〜に即した＋名詞。書面語。

➤ 時代の要請に即した教育を行うべきだ。

➤ 自衛隊の海外派遣は憲法第9条に即した行動であろうか。

➤ 我が社の経営方針に即して、毎年社員研修を行っています。

➤ 会社再建の主旨に即して、これから経営を進めていかなければならない。

✌　　「に応じて」と「に即して」　✌

{
　成績に応じて、クラス分けをする。　　　　　　　（○程度名詞）
　成績に即して、クラス分けをする。　　　　　　　（×程度名詞）
　法律に応じて、条例を制定する。　　　　　　　　（×非程度名詞）
　法律に即して、条例を制定する。　　　　　　　　（○非程度名詞）
}

【練習問題21】

① 同僚の小杉さんは、会社を辞め、オートバイによる北アメリカ大陸単独一周を敢行し、その体験（　　　　）、本を出版した。

② A子：さっき、課長が今年の社員旅行は中止だ（　　　　）言ってたけど、ほんとうかしら？

　　B子：えっ？そうなの。わたし、もともと行く気なんかないけどね。

③ 生産者はさまざまな消費者のニーズ（　　　　）ような商品作りを目指すべきだ。

④ 国立国語研究所の平成16年度の外来語 調 査（　　　　）、「ＡＯ入試で大学に入った」の意味がわからない人は63.5％にも上った。

⑤ 後期試験の日程は下記（　　　　）です。

⑥ 今晩、関東地方を中心（　　　　）、大雨の降る恐れがあります。

⑦ 今回の審議会の教育改革の答申案は教育現場の実情（　　　　）ものになっていない。

⑧ この国では、全国統一試験の得点数（　　　　）、入学できる大学を振り分ける仕組みになっている。

⑨ この論文はＡ教授の学説（　　　　）書かれている。

⑩ 今朝の朝刊によると、都内のある大手旅行社で大量の偽造パスポートが見つかった（　　　　）。

a.に応じて	b.に即した	c.のとおり	d.に基づいて
e.にして	f.によると	g.を基に	h.とか
i.に沿う	j.とのことだ		

２２．程度・傾向

232．〜気味　　　　　　　　　　稍微〜／有點〜

用法：動詞・ます形／名詞＋気味

✍：表示與某種狀態很相近，程度稍微〜之意。常跟程度副詞「少し」
「ちょっと」「少々」一起使用。

➢ この時計、最近遅れ気味だ。

➢ 同僚の桜内君は、太り気味の豊満なタイプの女性が好みだそうだ。

➢ 最近忙しくて、少々疲れ気味です。

➢ 今月は仕事が遅れ気味だから、みんな発破をかけてくれよ。頼んだぞ。

233．〜がちだ　　　　　　　　有〜的傾向

用法：動詞・ます形／名詞＋がち

✍：表示人擁有無意中往往如此的傾向或性質之意，或者發生某個事情的
「頻率」較高之意。句子的內容貶意多。

➢ 調子がよくない時は、何でも悪い方向に考えがちになる。

➤ 若い時は、ついつい無理をしがちだ。

➤ 私は子供の時、病気がちで、よく親を心配させたそうだ。

➤ 週末のデパートは込みがちだから、平日に行くことにしている。

234. ～っぽい　　　　　　帯有～

用法：動詞・ます形／い形・語幹／名詞＋っぽい

✍：帯有～的傾向或氣氛之意。慣用句多。不適合用在陳述單純客觀事實和現象的句子。多用在含有人的感覺或感情色彩的句子裡。

➤ 私の父は怒りっぽい。

➤ 年を取って、忘れっぽくなった。

➤ 今日は風が強くて、埃っぽい一日だった。

➤ 彼女は最近、ますます女っぽくなった。

☞【よく使う慣用表現】

男っぽい・やくざっぽい・色っぽい・湿っぽい・きざっぽい

いがらっぽい・嘘っぽい・大人っぽい・俗っぽい・とっぽい

嫌味っぽい・骨っぽい・惚れっぽい・安っぽい…

235. ～ば～ほど／～なら～ほど／～ほど　　越～越～

用法：条件形＋普通形＋ほど

$\left\{\begin{array}{l}\text{動詞・条件形}\\ \text{い形・語幹＋ければ}\\ \text{な形／名詞・なら（orであれば）}\end{array}\right\}$ ＋ $\left\{\begin{array}{l}\text{動詞・辞書形}\\ \text{い形・い}\\ \text{な形・な／名詞・の（orである）}\end{array}\right\}$ ＋ほど

✍：越～越～。有時候會省略前一半的部分。

給料は高ければ高いほどいい　⇒　給料は高いほどいい

➤ 文法は易しければ易しいほどいい。

➤ スルメは噛めば噛むほど味が出る。

➤ 彼女は見れば見るほどいい女だ。

➤ 当事者より第三者ほどよく物事が見えることがある。

➤ 芸能人は有名であればあるほど、プライバシーを侵害されやすくなる。

---

236. ～わりに（は）…　　　　　　　雖然～但是…

用法：名詞修飾型＋わりには

✍：雖然～，但是沒想到、不相稱地…。褒貶都可接。客觀事實可以接。
意外性比較小。

➤ 彼は新人のわりには、落ち着いて仕事ができる。

➤ 値段が高いわりには、味がよくないと思う。

➤ 今日は、休日のわりには車があまり渋滞していない。

➤ 日本へ留学したことがあるわりには、日本語が少々下手くそだ。

✌　　「わりには」「にしては（No33）」　✌

客観性大　　　　⇩　　　　　　　　　　　　　⇩　　　　主観性大
←―――――――――――――――――――――――――――――→
　　　　　～わりには　　　　　　　　　　～にしては

　　　「わりには」　　　　　　　　　　　　　「にしては」

「わりには」	「にしては」
ある客観的価値基準（常識・習慣等の価値基準）から外れていることを述べる。話者の主観的判断、客観的事実描写も可能。基準からの大きい逸脱ではなく、基準から多少誤差があることを重点に述べる。 表示說話者認爲離某種客觀價值（社會、常識、習慣等）基準遠一點之意。可以表示客觀事實的內容，意外性比較小。	話者の主観的価値基準から外れていることを述べる。従って、前に付く語は話者が価値判断可能な語が付く。あくまでも話者の主観的判断を述べるので、客観的事実描写はできない。またその逸脱度は大きい。 表示說話者認爲離自己主觀價值基準遠之意，因此前面接以褒貶、好壞、高低等價值來判斷出來的詞。不能表示客觀事實的內容。意外性較大。

{ハワイの夏は気温のわりには、湿気がないので、しのぎやすい。　　　（○客観事実）

ハワイの夏は気温にしては、湿気がないので、しのぎやすい。　　　（×客観事実）

{２万円は友達の披露宴のご祝儀のわりには、ちょっと少ないと思う。　　　（？）

２万円は友達の披露宴のご祝儀にしては、ちょっと少ないと思う。（○主観事実）

{値段が高いわりには、味が今一つだ。　　　（○形容詞）

値段が高いにしては、味が今一つだ。　　　（×形容詞）

{留学したことがあるわりには、少し日本語が下手だ。　　　（○意外性小）

留学したことがあるわりには、あまりにも日本語が下手だ。　　　（×意外性大）

留学したことがあるにしては、少し日本語が下手だ。　　　（？意外性小）

留学したことがあるにしては、あまりにも日本語が下手だ。　　　（○意外性大）

---

237. 〜に限って…　　　　　　　〜，卻往往…

用法：名詞＋に限って

✎：〜，卻往往…的情況。請參考No3。

➤ お金持ちに限ってけちだとはよく言われる。

➤ 急いでいる時に限って、よく車が渋滞するんだよな。

➤ 「わかってる、わかってる」と言う人に限ってよくわかっていないことがよくある。

➤ 宝くじを百枚も買った時は一枚も当たらず、一枚しか買わなかった時に限ってそれが当たったりする。

238. 〜きらいがある　　　　　　　往往〜的傾向

用法：動詞・辞書形、ない形＋きらいがある

✎：多表示人或組織擁有的本質上的特徴或性格，所以「東西」不能當主語。貶意多。

163

➤ 親は末っ子を甘やかすきらいがある。

➤ 私は何事にも凝り過ぎるきらいがある。

➤ アメリカ人は車に頼り過ぎるきらいがある。それが肥満の原因だと言われている。

➤ 田舎の人は保守的になるきらいがあると思いませんか。

✌ 「きらいがある」「やすい」 ✌

{
夏は物が腐るきらいがある。 （×）

夏は物が腐りやすい。 （○）
}

如上面的句子，表示人或東西所有的客觀事實的句子不大合適「～きらい」，要用「～やすい」。

---

239. ～というところだ／～といったところだ 差不多～

用法：数量詞or程度名詞＋というところだ

✍：該事情的程度大概～的程度之意。

➤ この工場での年間生産台数は、大体50万台といったところです。

➤ 忙しいと言っても、残業時間は月に30時間といったところです。

➤ 両者の実力は、まあ五分五分といったところじゃないかな。

➤ 私の日本語はまだ初級レベルといったところです。

---

240. ～ともなれば／～ともなると 要是～的話・當然會～

用法：名詞＋ともなれば

✍：如果到了～的程度，當然會～之意。

➤ 春の行楽シーズンともなれば、どこの遊園地も家族連れでいっぱいだ。

➤ 昼は会社員で賑わうオフィス街も、夜ともなると、全く人気がない。

➤ 彼女のような世界的なスーパー・モデルともなれば、スポンサーからの引く手あまただ。

➤ 大会社の御曹司ともなれば、駅前で立ち食いそばを食べたり、吉野家で牛丼を食べたりすることなんて、きっとないんだろうな。

241. ～に至るまで　　　　　　甚至於～

用法：名詞＋に至るまで

　：舉例極端的東西，強調該事情已達到不可忽視的程度。

➤ 彼の豪邸は家具、インテリア、食器に至るまでヨーロッパの名品で埋め尽くされている。

➤ 空港でのチェックは厳しく、手荷物から靴の中に至るまで調べられた。

➤ 泥棒は家の中の金目の物は一つ残らず、果てはタンスの中の服に至るまで盗んで行った。

➤ この町出身の某代議士は、県会議員から町内会長に至るまで彼の息がかかっていると言われるほどの実力者だ。

242. ～に至って（は）　　　　　到了～階段才

用法：動詞・辞書形／名詞＋に至って（は）

　：到達～的（極端的）地步（貶意多），終於～之意。書面話。

➤ この年齢に至って、やっと自分のやりたい事が何かわかってきた。しかし、気付くのがちょっと遅かったか。

➤ 彼は入院するに至って、初めて健康の大切さを知った。

➤ 父が急死するに至っては、一人息子の私は大学を辞めて、家業を継がなければならなくなった。

➤ 会議直前に至ってやっと資料に目を通したので、慌ててしまった。

243. ～にして（初めて）　　　　　到了～階段才

用法：名詞＋にして

✍：到了～階段（時間、年齢、地位等），才～之意。

➤ これは人間国宝にして初めて為し得る高度な技である。

➤ 横綱朝青龍は１４日目にしてはじめて黒星を喫した。

➤ 去年は人生40年目にして最悪の年であった。

➤ この年にしてはじめて人の恩を知りました。

244. ～にも増して…　　　　　　比～更…是

用法：名詞＋にもまして

✍：雖然是～，但是更～是～之意。

➤ 世界の各地で起きている民族紛争にもましてもっと深刻なのは地球の環境問題だと思う。

➤ イチローのすばらしさは打撃にもまして、その華麗な守備にあるのではないだろうか。

➤ 中国語の発音は非常に難しい。しかしそれにもまして難解なのは複雑な漢字かもしれない。

➤ 英語のディベート大会で優勝したのは、なんと18歳の女子高校生であった。しかし、それにもまして驚いたのは、彼女が生まれながらの全盲というハンディ・キャップを背負って優勝したということであった。

【練習問題22】

① 日本人が普段日常会話で使う動詞の数はだいたい600語から700語（

　）。

② ここは日本でも有数の豪雪地帯だから、大雪（　　　　）一晩で2メートル以上も積もることがある。

③ 最近運動不足で少々太り（　　　　）だから、ダイエットでもしようかと思っている。

④ いい道具というのは、使えば使う（　　　　）手に馴染んでくるものだ。

⑤ 彼は帰宅途中、夕立に遭い、頭のてっぺんから足の爪先（　　　　）びしょ濡れになった。

⑥ この国は海流の影響で、高緯度の（　　　　）温暖な気候である。

⑦ 日本人は周囲の人に気を遣い過ぎる（　　　　）と言われて久しいが、外国に住んでいると、それが尚更強く感じられる。

⑧ あたし、性格が飽き（　　　　）から、何事も長続きしないのよね。

⑨ その道のプロよりも、ずぶの素人（　　　　）新しい発想をすることがある。

⑩ 近藤君は、30歳（　　　　）異性の手を握ったという、坊さんみたいな人だ。

⑪ 助詞の脱落というのは、中国語を母語とする人がよくやり（　　　　）間違いです。

⑫ どうした風の吹き回しか、妻は普段（　　　　）念入りな化粧で、いそいそと出掛けて行った。

⑬ D社は累積赤字額1000億円に達する（　　　　）、とうとう会社更生法の適用に踏み切った。

---

a.ほど	b.に至るまで	c.きらいがある	d.がちな
e.割には	f.に限って	g.にして初めて	h.に至って
i.っぽい	j.ともなると	k.にも増して	l.気味
m.といったところだ			

２３. 疑問・感嘆

245. ～（こと）だろう／でしょう／か　　多麼～！

用法：

$$\left.\begin{array}{l} 動詞・普通形 \\ い形・い \\ な形・な／名詞・な \end{array}\right\} +ん（orこと）+だろう（orかorでしょう）$$

✍：表示感嘆。

➢ このパン、なんて硬いんだろう。

➢ なんて悲しい映画なんでしょう。

➢ 何度父に話したことか。結局父は私たちの結婚に賛成しなかった。

➢ この実験の成功の陰には、幾度の失敗があったことだろう。

➢ 死んだお父さんが今のあなたを見たら、どんなに悲しむことでしょう。

246. ～ものがある　　　　　覺得～

用法：い形・い／な形・な＋ものがある

✐：接在感情形容詞後面，表示說話者的感慨的感覺，我實在覺得～。

➤ この絵には、見る者を引き付けるものがある。

➤ 彼の仕事ぶりには、人を寄せ付けない厳しいものがある。

➤ 都会で一人暮らしをすると、気楽で自由だが、何か寂しいものもある。

➤ 最近の陳さんの日本語の上達ぶりには、目を見張るものがある。

247. ～ものだ　　　　　1．懷念往事　2．眞是～、竟然～

1．懷念往事

用法：動詞・た形＋ものだ

✐：懷念過去習慣性動作或狀態時的表達方式。

➤ 学生時代は、試験前になるとよく徹夜をしたものだ。

➤ 私が子供の頃、夏になるとこの川辺によく蛍が出たものですよ。

➤ 昔の靴下はよく破れたもんですが、最近の靴下はほんとうに丈夫になりました

ね。

➤ 田舎から東京へ来たばかりの頃は、よくホームシックになっていたものだが、

最近はもうすっかり都会生活にも慣れてしまった。

2．真是～（表示感慨、佩服、感動等感情）

用法：名詞修飾型＋ものだ

✐：說話者感慨地說眞是～。

➤ 「色男、金と力はなかりけり」とはよく言ったものだ。

➤ こんな狭い部屋に家族四人、よく住めたものだ。

➤ 家の息子は、明日から期末試験だというのに、テレビゲームばかりしている。呑気なもんです。

➤ 彼女は女の細腕一つで、八百屋の仕事と家事を切り盛りしている。大したもんです。

---

248. 〜っけ／〜だっけ　　　　〜對不對？

用法：普通形＋っけ／名詞化＋だっけ

✎：說話者向對方確認某種事情時的表達方式。只用在口語會話裡。

➤ あれっ、今日水曜日だっけ？

➤ えっ、今、何て言ったっけ？

➤ ねえ、あなたの彼って、いくつになるんだっけ？

➤ 主婦の仕事の「さしすせそ」って、何だっけ。知ってる？

---

249. 〜と言うと…／〜って（言うと）　　　　〜是…對不對？

用法：名詞＋と言うと

✎：說話者關於〜的事情問對方確認更詳細的消息。

你說的〜是…對不對？

➤ A：来週の月曜日の1限目の授業、休講だよ。

B：えっ？1限目って言うと、体育だろ？

➤ 妻：今度の町内会長、鬼塚さんに決まったそうよ。

夫：鬼塚さんって、あの米屋の旦那？

➤ 妻：向かいの淑子ちゃん、結婚するんだってよ。

夫：淑子ちゃんって、今年女子大卒業したばかりのあの子か？

妻：そう、それに、おめでただって。

夫：えっ！おめでたって、もうできたのか。

250. ～のではあるまいか。　　　不是～嗎？

用法：普通形＋のではあるまいか。

✍：表示說話者心存懷疑、疑惑的感情而委婉說，不是～嗎？
「～のではないでしょうか」的文章語。

➤ もしかしたら、彼は現場にいなかったのではあるまいか。

➤ 社員全員が、この会社は倒産するのではあるまいかと心配している。

➤ 彼は何も知らないと言っているが、実はほんとうの事を知っているのではあるまいか。

➤ この論文は自分で書いたのではなくて、誰かの論文をそのまま真似して書いたのではあるまいかと思われる節がある。

251. ～う（よう）ではないか　　　要不要一起～！

用法：意向形＋ではないか

✍：要不要一起～！（呼籲大家）。

➤ 消費税値上げに反対しようではありませんか。

➤ 中国語をマスターして日中友好の架け橋になろうではありませんか。

➤ 私は、若い人たちにもっと地域の活動やボランティアに参加しようではないかと訴えたい。

➤ 登山者の方へ。勝手にゴミを捨てたり、樹木を折ったりしないでください。自分たちの山をもっと大切にしようではありませんか。

252. ～限りだ　　　　　　　非常～／～極了

用法：名詞修飾型＋限りだ

✍：感情形容詞＋限りだ。稍微鄭重的說法。

➤ 教え子からの吉報、教師としてうれしい限りです。

➤ 都会の子供たちが外で遊ばなくなるのは、寂しい限りです。

➤ 頼りにしていた上司が、地方へ転勤になるのは残念な限りです。

➤ 戦後日本の奇跡的な経済発展には、驚く限りです。

253. 〜てやまない　　　　　　　　一直希望著〜

用法：動詞・て形＋やまない

　☞：「願う」「信じる」「期待する」「祈る」等的感情動詞＋やまない。
　　　文章語。

➤ 子供の健やかな成長を願ってやまない。

➤ 彼の無事を信じてやみません。

➤ 世界が平和になることを願ってやみません。

➤ 貴校の更なる発展を祈念してやみません。

254. 〜とは　　　　　　　　　　　　竟然〜

用法：引用句＋とは

　☞：表示吃驚、感嘆（≒なんて）。

➤ 彼が司法試験に合格するとは驚きだ。

➤ 親友の君まで僕を疑うとは！

➤ 隣りの奥さんが夜スナックで働いているとは知らなかった。

➤ Ａ社の株価がこんなに暴落するとは、夢にも思わなかった。

255. 〜の極みだ　　　　　　　　　達到〜的極點

用法：名詞＋の極み

　☞：接「贅沢」「貧困」「苦痛」「幸福」「痛恨」等名詞較多。

➤ 決勝戦に進んだ頃には、彼の体は疲労の極みに達していた。

➤ アフリカには貧困の極みにある国が多くある。

➤ 贅沢の極みを尽くしたヴェルサイユ宮殿は、ルイ14世時代に作られた。

➤ 人気ロックグループXが、実力と人気の極みで突然解散したのは、実に惜しまれる。

---

256. 〜の至りだ	非常〜／〜之至

用法：名詞＋の至り

✍：常用在句末以「感謝」「感激」「幸甚」「光栄」「恐縮」「赤面」「汗顔」＋の至りです等形式來表示鄭重的致詞或慣用句。

➤ こんな賞を頂いて、感激の至りです。

➤ 私のような若輩者がこのような重責を仰せつかり、恐縮の至りです。

➤ こんな間違いを素人のあなたに指摘されるとは、赤面の至りです。

➤ この大会が無事成功を収めましたのも、ひとえに多くの方々のご協力の賜です。誠に感謝の至りでございます。厚く御礼申し上げます。

【練習問題23】

① 学生：先生、あのう、早退してもいいですか。

　先生：早退する（　　　　）、何か用事でもあるのか。

　学生：ええ、実は姉の結婚式に行かなきゃなんないので…

② 今度の地震による死者は、恐らく３万人以上に上る（　　　　）。

③ この店の料理、なんてまずいん（　　　　）。二度と来ないぞ。

④ あれ、今年何年（　　　　）？

⑤ 貴校の更なる発展を願って（　　　　）。

⑥ 今日の党首討論での首相の答弁には、何か歯切れの悪い苦しい（　　　　）よう

な気がする。

⑦ たった三ヶ月間の準備で、よく合格できた（　　　）。

⑧ 皆さん、消費税値上げに断固反対しよう（　　　）！

⑨ 銀座のクラブでまさか自分の教え子に会おう（　　　）！

⑩ 不肖、私如き者がこんな立派な賞をいただけるとは、正に感激（　　　）です。

⑪ 彼がステージに登場すると、コンサート会場は興奮（　　　）に達した。

⑫ 売れ残っていた長女がやっと嫁いで行った。親としてはうれしい（　　　）。

a.って	b.の至り	c.限りだ	d.ではありませんか
e.ものがある	f.の極み	g.だっけ	h.だろう
i.ものだ	j.とは	k.やみません	l.のではあるまいか

２４．立場・話題提示

257．〜から言えば／言って／言うと…　　從〜來看…

用法：名詞＋から言えば

　🖎：表示判斷或評價的根據。從〜的立場來判斷，…。

　　　後文陳述說話者的具體意見或判斷的時候比較合適。

➤ 彼の性格から言って、頼まれたら嫌とは言えないだろう。

➤ 地球46億年の歴史から言うと、人類の歴史なんて微々たるものだ。

➤ アメリカ人の価値観から言えば、親のスネをかじることは自立への妨げになる
　と考えられている。

➤ 国民の平均寿命が34.0歳、世界で一番寿命が短い国、シエラレオネ。我々の
　常識から言えば、信じられないことである。

258. ～からすると／からすれば…　　如果站在～的立場的話，…

用法：名詞＋からすると／からすれば／からしたら

📖：如果站在～的立場考慮的話，…。後文表示說話者以當事者的立場來判斷或推測某種狀況。

➢ 仕事を持つ女性からすると、社会にはまだ多くの不平等な所がある。

➢ 消費者の立場からすると、安くていい商品を買いたいのは当然のことだ。

➢ 資本主義の理念からすると、競争は正義である。

➢ 収入の多い人からすると、累進課税制度と言うのは、納得のいかない制度かもしれない。

259. ～から見ると／から見て　　從～來觀察

用法：名詞＋から見ると

📖：從～來觀察之意。所以觀察、判斷的主體是人比較多。句子的內容是視覺方面的事情多。

➢ 課長から見て、今度の新人の田中君は使えそうですか。

➢ 20世紀を代表するピカソの絵も、素人の私の目から見ると、ただの子供の落書きにしか見えない。

➢ 日本人の目から見ると、物を食べながら歩くのはあまりいい習慣だとは言えない。

➢ この人口増加のグラフの推移から見ると、遠くない将来、地球の人口が100億人を突破することは間違いない。

260. ～として　　作爲～／以～的身份

用法：名詞＋として

📖：表示「資格」「身份」「立場」「屬於」等。後文可接動作文。

➤ 私は学校の代表として、スピーチコンテストに参加した。

➤ あたし、母として失格かもしれないわ。

➤ 500人以上ものオリンピック選手団が、日本代表として現地に向かった。

➤ 私一個人の意見としては、このプロジェクトはただちに中止するべきだと思います。

261. ～にしたら／～にすれば…　　對～來講，…

用法：名詞＋にしたら／にすれば

✍：如果站在～的立場的話，後文陳述說話者判斷或推測～的心情應該…。

➤ 消費者側からすれば、消費税の値上げには反対に決まっている。

➤ 専門家にすれば、何か物足りないかもしれないが、素人の私にはこれで十分です。

➤ 先生にすれば、息子に対していろいろ不満もあると思うけど、親の私は満足しています。

➤ こんな事、経験豊かなベテラン教師にしたら、些細なことかもしれませんが、素人で経験の全くない新人教師にしたら、ストレスの原因にもなりかねない大きなプレッシャーです。

262. ～にとって　　　　　　　　對～來講

用法：名詞＋にとって

✍：表示評價或判斷的主體。因此後文不能接意志文。

➤ 私にとって子供はかけがえのないものです。

➤ 人間にとって、衣食住は欠かせないものだ。

➤ 中国は日本にとって、魅力的な市場である。

➤ この機械にとって振動や湿気は禁物だ。

263. ～と言うと／と言えば／って言うと　　説起～／提到～

用法：名詞＋と言うと／と言えば／って言うと

✍：當作話題時的表達方式。說起～／提到～。

➤ 試験と言えば、今度の文化人類学の試験、ノート持ち込み禁止だそうよ。

➤ 新人と言えば、先月総務課に入って来た木村君、結構ハンサムじゃない。

➤ ブルガリアと言うと、私はすぐヨーグルトを連想しますけど、あなたもそうですか。

➤ A：東京のお土産って言うと、何がいいと思う。

　 B：そうね、昔は浅草の「雷おこし」とか「どら焼き」が定番だったけど。今は何かしら。

264. ～と（言うの）は…　　　　　所謂的～就是…

用法：名詞＋とは／引用句＋とは

✍：後文表示前面提到的名詞具體說明或下定義。所謂的～就是…的意思。

➤ 中国語の「基因」とは、DNA、つまり遺伝子のことです。

➤ 「マグニチュード」とは、地震の震源の揺れの規模を表す単位です。

➤ 日本語で「学長」と言うのは、大学の校長のことで、「番長」と言うのは不良少年のボスのことです。

➤ 「助詞」と言うのは、名詞の後ろに付いて、その名詞と後続の語との関係を表すものです。

265. ～にかけては　　　　　　　在～方面

用法：名詞＋にかけては

✍：在～方面，後文表示好的事情。

➤ コンピューター方面の事にかけては、やっぱり小杉君の右に出る者はいないだろう。

➤ この洋食店のオムライス、味にかけては天下一品だ。

➤ 名古屋出身の桜内先輩は、鉄道の事にかけては、その博識さで他の追随を許さないであろう。

➤ 君、ここだけの話だけどね。手の早さにかけては、営業部の鯨岡君がダントツだぜ。

266. 〜ときたら　　　　　　　　提到〜

用法：名詞＋ときたら

✍：以〜爲話題舉出之後，在後句文表示説話者的評價（貶意）。
常用在口語會話裡面。

➤ 家の主人ときたら、休みの日は終日パチンコ屋で過ごす。

➤ この店の料理ときたら、味ははまずいし値段はべら棒に高い。もう二度と来るもんか。

➤ この国の大学生ときたら、猫も杓子も大学院に行きたがる。ほんとうに高学歴社会だ。

➤ 今度の新入社員ときたら、ろくに挨拶さえできない。

267. 〜なりに　　　　　　　　　　〜其相應的

用法：名詞＋なり

✍：相對應、恰如其分之意。

➤ 貧乏人には貧乏人なりの悩みがあり、金持ちには金持ちなりの悩みがあるに違いない。

➤ テストには失敗したけど、彼なりに一生懸命がんばったんだから、褒めてやろう。

➤ 私なりに一晩考えたんですが、やはり会社を辞めることにしました。

➤ 今回の彼の行動は、本人なりに考えての行動であろう。周りの者がとやかく言うことではないと思う。

【練習問題24】

---

① 最近の天気（　　　　）、暑くなったり寒くなったりと不安定で、毎日何を着て行ったらいいのか困ってしまう。

② 長崎（　　　　）、原爆や中華街やチャンポンをすぐ思い出しますね。

③ 暖冬はエネルギーが節約できていいことであるが、冬物を扱う店（　　　　）、恨めしいに違いない。

④ 子供は子供（　　　　）ちゃんと考えてやってんだから、大人があまり口出ししない方がいいと思うよ。

⑤ 今日の会議での社長の話（　　　　）、中国への工場移転は避けられないようだ。

⑥ 円高（　　　　）外国為替相場で相手国の外貨に対して日本の円の価値が高いことを指す。

⑦ 歌舞伎のこと（　　　　）、教務課の鈴木さんには誰も敵わないだろう。

⑧ あなた（　　　　）、今度入社した小川君の仕事ぶりはどうですか。

⑨ 家族は私（　　　　）かけがえのないものです。

⑩ 会社側の立場はどうかよくわかりませんが、少なくとも私個人の立場（　　　　）、工場の中国移転は慎重に行うべきだと思います。

⑪ 俺は父（　　　　）は失格だと思うよ。

a.にかけては	b.とは	c.と言えば	d.にしたら
e.から言えば	f.から見て	g.からすると	h.なりに
i.として	j.にとって	k.ときたら	

２５．結果・完了・変化

268. ～あげく ～結果終於…

用法：た形／名詞・の＋あげく

☞：經過很長時間的～，結果終於…（不理想的結果）。

➤ いろいろ考えたあげく、進学を断念した。

➤ 激しい議論のあげく、会議は物別れに終わった。

➤ 彼は会社を首になり妻にも逃げられたあげく、路頭に迷ってしまった。

➤ 芸能界切ってのオシドリ夫婦と言われていた二人が、すったもんだのあげく、とうとう離婚してしまった。

269. ～次第だ　　　　　　　　　　　因此就～的結果

用法：名詞修飾型＋次第だ

✍：因爲…的理由，因此就～的結果之意。鄭重的説法。

把理由和結果跟對方説明時的鄭重的表達方式。

➤ 近くまで参りましたので、ちょっと伺った次第です。

➤ 最近ご連絡がございませんので、こちらからお電話した次第です。

➤ このような次第で、残念ながら閉店することになりました。

➤ 体力と精神力の限界を感じ、引退を決意した次第です。

270. ～たところ…　　　　　　　　　　～，結果…

用法：動詞・た形＋ところ

✍：～，就…意想不到的結果。

➤ 先生に推薦状をお願いしたところ、快く書いてくれた。

➤ スーパーへ買い物に行ったところ、「店内改装中、暫く休業」という張り紙が
してあった。

➤ 出勤途中、財布をなくしたので、最寄りの交番へ行ったみたところ、誰かが拾
って届けてくれていた。

➤ 友達に社会学のテストの範囲を聞いたところ、今学期は意外にもレポート提出
だということだった。

271. ～末に…　　　　　　　　　　經過～，最後…

用法：動詞・た形／名詞・の＋すえに

✍：經過很長的～，結果終於…（褒貶皆可）。

➤ 両チームは激しい攻防の末に、結局引き分けてしまった。

➤ 私は家庭の事情を考えた末に、大学への進学を諦めることにした。

➤ 店頭で１時間も悩んだ末に、奮発して最新のノートパソコンを買った。

➤ 数日間に及ぶ議論の末、結局アメリカは京都議定書に批准しなかった。

---

272. ～わけだ　　　　　　　就是～／難怪～

用法：名詞修飾型＋わけだ

　　✍：根據前面的消息，就輕易判斷出～的結論。多用在口語。

➤ 彼は日本に５年も住んだことがあるから、日本語が上手なわけだ。

➤ 前の交差点で交通事故が起きたらしい。道理で道が込むわけだ。

➤ 鮫島君って魚屋の息子なんだってよ。だからやけに魚に詳しいわけね。

➤ 妻：お隣のご主人、先週からアメリカに出張してんだってよ。

　　夫：へえ、そうなんだ。道理で見かけないわけだ。

---

273. ～きる　　　　　　　　　～完

用法：動詞・ます形＋切る

　　✍：～完／～到底。

➤ バーゲンで商品があっと言う間に売り切れてしまった。

➤ この困難な時代をどうやって乗り切るか。

➤ 食べ切れないほどのご馳走が、テーブルに並べられている。

➤ 使い切れないほどのお金があったらなあ。

☞【よく使う慣用表現】

言い切る：外来語の多用が言葉の乱れだとは言い切れない。

打ち切る：二次災害の恐れの為、捜索は一旦打ち切られた。

押し切る：両親の反対を押し切って結婚した。

思い切る：思い切って彼氏に告白したらいいのに。

貸し切る：レストランを貸し切りで、パーティーを開いた。

締め切る：応募の締め切りは今月までです。

踏み切る：我が社は今年から工場の海外移転に踏み切った。

持ち切る：町中が彼のうわさで持ち切りだ。

割り切る：最近の若者は割り切った付き合いが多い。

張り切る：今朝も主人は張り切って仕事に出掛けた。

274. ～一方だ　　　　　　　一直～

用法：動詞・辞書形＋一方だ

🖉：変化動詞＋一方だ。一直變得～。褒貶都可以用。

➤ 国際化が進む一方で、グローバルな視野を持った人材がますます求められている。

➤ 銀行の利息は下がる一方で、貯金してもあまり意味がない。

➤ 彼は自分の意見を主張する一方で、他人の意見を聞こうとしない。

➤ こちらが積極的に出れば出るほど、相手は態度を硬化させる一方ですから、もう少し柔軟に対応したほうがいいのではないでしょうか。

275. ～つつある　　　　　　　漸漸的～（變化）

用法：動詞・ます形＋つつある

🖉：正在漸漸地～中之意。書面語。

➤ 株価は上昇しつつある。

➤ 景気は少しずつ上向きになりつつある。

➤ 日本の人口は減りつつある。

➤ 都会では、子供たちが遊べる自然環境が少なくなりつつある。

276. ～ぬく　　　　　　　　　　～到底／一直～

用法：動詞・ます形＋ぬく

　　⚏：做～到底／完全～／徹底地～。

➤ あきらめないで、最後までやり抜いた。

➤ 彼は敵の攻撃から味方の陣地を最後まで守り抜いた。

➤ A校は初出場ながら、初戦、二回戦、三回戦を勝ち抜いて、準決勝へ駒を進めた。

➤ 三島由紀夫は45年の人生をあっと言う間に生き抜いてしまった。

277. ～ばかりだ　　　　　　　　一直～

用法：動詞・辞書形＋ばかりだ

　　⚏：一直變得～（不好的方向多）。

➤ この村の過疎化はますます進むばかりだ。

➤ 最近、髪の毛が薄くなるばかりで、そのうちカツラの世話になるかもしれない。

➤ 年を取ると記憶力が悪くなるばかりです。

➤ 地球の環境は悪化するばかりで、将来が不安だ。

278. ～ことになる　　　　　就是～（的結果）／可以説～／導致～

用法：名詞修飾型＋ことになる

　　⚏：後文表示事情的結果。

➤ 母は今年48歳、長女の私は30歳。だから、計算上母は18歳の時に私を産んだことになるが、20歳の時に産んだと言っている。

➤ このバイクの燃料タンクは満タンで40リットル、給油15回、走行距離7500キ

ロ。さて、燃費は何キロということになりますか。

➤ この国では、既婚者が異性と一言でも言葉を交わしたら、浮気をしたことになるらしい。

➤ こんな大事なことを私一人で決めたら、後でとんでもないことになる。

279. ～う（よう）ものなら… 　　　如果～的話・就…

用法：動詞・意向形＋ものなら

　✍：萬一～的話，就會發生…（嚴重的事情）。請參考No176。

➤ 今年、1科目でも単位を落とそうものなら、卒業できなくなってしまう。

➤ この浮気が妻にばれようものなら、離婚間違いなしだ。

➤ 雨の日に、単車に乗ってこの速度で急ブレーキでも掛けようものなら、転倒間違いなしだ。

➤ 厳しい鬼塚先生の授業中に私語でもしようものなら、その後の授業を受けることができなくなってしまうだろう。

280. ～と言うことだ 　　　也就是説～

用法：普通形＋と言うことだ

　✍：就是説～後文表示下結論或向對方確認的內容。

➤ もう10時になるのに、まだ店が開かない。今日は休みと言うことかな。

➤ 鈴木さん、ビザの延長手続きをしないと言うことは、もう帰国するということですか。

➤ 社員旅行の申し込みは今日までですが、五十嵐さんはまだ申し込んでいませんから、たぶん行かないということでしょう。

➤ 皆さん、今の私の提案に対して意見がないと言うことは、賛成だと言うことですか、それとも反対だと言うことですか。一体どっちなんですか。

281. ～しまつだ　　　　　　結果竟然～

用法：動詞・辞書形＋しまつだ

✍：經過種種不好的事情，最後竟然～的結果。句子的內容都表示說話者的
不滿感情。悪い事＋悪い事＋…最後～。

➤ 今日はほんとうに付いてなかった。電車に傘を忘れるわ、駅の階段で転ぶわ、
最後には会社に遅刻して課長に怒鳴られる始末だ。

➤ 彼は授業中にカンニングはするし、携帯電話は掛けるし、全く常識がない。
今日などは鼾をかいて寝る始末だ。

➤ 今日のプレゼンテーションは散々だった。サンプルは忘れて来るし、緊張して
説明の順序を間違えるし、最後にはプロジェクターが故障して使えなくなる始
末だ。

➤ 今度入社して来た田中って言う新人、どうしようもない奴だよ。報告書は間違
いだらけ、注意しても何だかんだと屁理屈を言うし、今日なんか「先輩、そん
なこと言うんだったら、会社辞めます」なんて言う始末だ。

282. ～（てから）というもの　　　自從～之後，一直都～

用法：動詞・て形＋からというもの／期間＋というもの

✍：前面事情是發生後面事情的契機，以後一直都～之意。

　　句子含有說話者的感情色彩（感慨、後悔、遺憾等）。

➤ ここに引っ越ししてからというもの、喘息の発作がすっかり出なくなった。

➤ 彼は二年前に車で人身事故を起こしてからというもの、全く車に乗らなくなっ
た。

➤ 駅前に大型スーパーができてからというもの、以前からの商店街は客が減っ
て、閑古鳥が鳴いている。

➤ 父は会社を定年退職してからというもの、めっきり老け込んだ。

283. 〜に至る　　　　　　　　到達〜的地步

用法：動詞・辞書形／名詞＋至る

✍：到達〜的地步（程度、數量等）。陳述客觀事實。書面話。

➤ 地震による死者は数万人に至った。
➤ 彼の栄光に至る道のりは、険しいものであったに違いない。
➤ 彼が自殺するに至った経緯は、杳としてわからない。
➤ 事態ここに至っては、もう後戻りできない。

284. 〜（ばそれ）までだ／までのことだ　　只好〜算了／就完了

用法：辞書形（条件形＋それ）＋までだ／辞書形＋までのことだ

✍：除了〜之外，就沒有別的選擇之意。

➤ 期限までに手続きをしなければ、失効するまでだ。
➤ 旅行先で言葉が通じなければ、身振り手振りで済ませるまでです。何とかなる
でしょう。
➤ 一生懸命働いて金持ちになっても、体を壊して病気になればそれまでじゃない
ですか。
➤ こんなに長い間議論しても結論が出なければ、この計画は中止するまでです。

285. 〜をもって　　　　　　　　以此〜（結束）

用法：名詞＋を以って

✍：以此〜（多用在結束某種活動或節目時的慣用句裡）。鄭重的說法。

➤ これをもって今日の弁論大会を終了致します。
➤ 本日をもってこのグループは解散いたします。

➤ 日本選抜チームを以ってしても、アメリカの大学代表チームには歯が立たなかった。

➤ 商品の発送を以って、当選者の発表と換えさせていただきます。

【練習問題25】

① このカステラの老舗は江戸初期に創業し、400年以上を経て、今日（

　　　）。

② あれほどのヘビースモーカーだった父が病気で入院して（　　　）、全くタバコを吸わなくなった。

③ 地球の環境は悪くなる（　　　）、世界的規模の対策が望まれる。

④ 彼は数日に及ぶ猛烈な吹雪に耐えた（　　　）、ついにエベレストの頂上に辿り着いた。

⑤ 携帯電話の使用者が増える（　　　）、各メーカーも新商品の開発にしのぎを削っている。

⑥ 今日は連休の谷間だから、道路がこんなに空いている（　　　）。

⑦ これだけ努力したのに合格しなかったら、運が悪かったと思って、諦める（

　　　）。

⑧ 父が大切に育てている盆栽を壊そう（　　　）、大変なことになる。

⑨ 今日は朝から機械の故障が続出し、午後にはとうとう生産ラインがストップする（　　　）。

⑩ 人間関係というものは、理屈では割り（　　　）ことがたくさんある。

⑪ では、皆様、本日の会議はこれ（　　　）終了させていただきます。

⑫ 自動車評論家のＴ氏は、「車のことなら何から何まで知り（　　　）」と豪語してはばからない。

⑬ 景気は踊り場の状態から、少しずつ上昇に向かい（　　　）ある。

⑭ あの中年の客は 1 時間以上も商品を物色した（　　　）、「この店の服、ちょっとダサイわね。あたしには向かないわ」などと捨て台詞を残して、結局何も買わずに立ち去った。

⑮ ただ今、高額の引き落としがございましたので、確認のお電話を入れた（　　　）でございます。

⑯ 会社の定期健診を受けた（　　　）、コレステロール値が異常に高かったのでびっくりした。

⑰ 日本で何かを買ったら、自動的に消費税を払った（　　　）。

⑱ 店の電気が付いていないから、たぶん今日は休みだ（　　　）だろう。

a.わけだ	b.ものなら	c.あげく	d.一方で
e.つつ	f.に至っている	g.ことになる	h.と言うこと
i.切れない	j.を以って	k.ところ	l.ぬいている
m.ばかりで	n.次第	o.始末だ	p.までです
q.末に	r.からと言うもの		

２６．対比

286．～一方（で）　　　　　　　～・另一方面

用法：名詞修飾型＋一方（で）

✍：一方面～，另一方面…（補充說明、對比都可以接）。

➤ 彼女は会社では課長として活躍する一方、家庭では主婦として家族の世話をしている。

➤ 晩婚化が進む一方、離婚率も更に増加している。

➤ 酒は気持ちをリラックスさせる一方、飲み過ぎると体に害を与える。

➤ これからの企業は、トップダウン式の経営をする一方で、それと同時に各社員の意見を汲み上げるボトムアップ式の経営方式も採用しなければならないと言われている。

287．～代わりに…　　　1．以…代替～／不做～而做…　2．～但是…

1．以…代替～／不做～而做…

用法：動詞・辞書形、ない形／名詞＋のかわりに

✍：B代わりにA＝以A代替B＝不做B而做A。

191

➤ 今日はコンピューターの調子が悪いので、Eメールの代わりにファクスで資料を送ります。

➤ 今学期はテストをする代わりにレポートを提出してもらいます。

➤ 部長が忙しいので、私が代わりに会議に出た。

> 2. 〜但是…
>
> 用法：動詞・普通形／い形・い／な形・な／名詞＋のかわりに
>
> ✍：〜，卻換來…的代價。

➤ 現代人は生活の便利さを獲得した代わりに、美しい自然を破壊した。

➤ 彼は社長のポストを得た代わりに、多くの友人を失った。

➤ 彼女は美人で仕事もできる代わりに、同僚からの妬みも多い。

288. 〜と言うより…　　　　　與其說〜還不如說…

> 用法：普通形（な形、名詞は不加「だ」）＋というより
>
> ✍：與其〜還不如…（說…比較合適）。

➤ 彼は珍しい人というより、変人だ。

➤ 教師の仕事は私にとって職業というより人生そのものです。

➤ 犬や猫は現代人にとってペットというより家族の一員と言える。

➤ これは論文と言うより、単なる個人的な感想を述べた文章に過ぎない。

289. 〜にかわって…　　　　　…代替〜

> 用法：名詞＋にかわって
>
> ✍：通常是〜，但是這次特別…（代替〜）。

➤ 今日は田中課長に代わって、私が司会を務めさせていただきます。

➤ 最近は手紙に代わってEメールやファックスが多く使われるようになった。

➤ アメリカに代わって、国連が世界のリーダーシップを取ることが期待されている。

➤ すべての教育を家庭に代わって学校に任せること自体に土台無理がある。

---

290. ～に反して　　　　　　　跟～相反地

用法：名詞＋に反して

✍：慣用表現。「予想」「期待」「希望」「命令」「想像」＋に反して

➤ 息子は家族の希望に反して、就職の道を選んだ。

➤ 今日の試合は大方の予想に反して、Ａチームが大勝した。

➤ 相手は想像に反して、手ごわそうだ。

➤ 台風は気象庁の予報に反して、進路を北寄りに変えた。

---

291. ～反面…　　　　　　有～的方面・同時也有…／～另一方面…

用法：動詞・普通形／い形・い／な形・な＋反面

✍：前後文的主語是同一個主語。含有說話者的感情色彩。

➤ 彼は積極的な反面、気まぐれなところもある。

➤ 今年の夏は冷夏で涼しい反面、農作物の生育に悪影響を与えている。

➤ 東京は交通も便利で活気がある反面、人情に乏しい欠点もある。

➤ デパートはいい商品が何でも揃っていて便利な反面、値段が少々高い。

---

292. ～に比べ（て）　　　　　　跟～比起來

用法：名詞＋にくらべ（て）

✍：單純比較兩個東西。

➤ 日本人は中国人に比べて体毛が濃いような気がする。

➤ 今年は例年に比べて、稲の作柄は並だということだ。

➤ 夜は昼間に比べて交通事故が起きやすい。

➤ 欧米人はアジア人に比べて、皮膚ガンになる確率が高いと言われている。

---

293. ～にひきかえ	與～相反

用法：普通形（だ→な）＋の＋にひきかえ

　　　　（名詞・な形容詞＋である＋の＋にひきかえ）もある。

　✍：前文句　＋　◄─────────► － 後文句　　前後文主語不一様。

　　　　含有說話者主觀感情色彩，所以不大合適陳述單純事實的內容。

➤ 姉が大人しくて静かなのにひきかえ、妹は活発で外交的だ。

➤ 去年の夏は涼しかったのにひきかえ、今年の夏は連日猛暑続きだ。

➤ 父が質素で倹約家であるのにひきかえ、母は派手で金遣いが荒い。

➤ 田舎の人が親切で面倒見がいいのにひきかえ、都会の人はなんか冷たくて利己
的な感じがするのは私だけじゃないだろう。

✌　「にひきかえ」「に対して」　✌

{ 鉄は重くて錆びやすいのにひきかえ、ステンレスは軽くて錆びにくい。（×）

{ 鉄は重くて錆びやすいのに対して、ステンレスは軽くて錆びにくい。　（○）

【練習問題26】

① Aチームは多くのファンの期待（　　　　）、決勝戦で負けてしまった。

② 姉は小さい時から頭がよくて、一流大学に進学したの（　　　　）、私はクラス
ではいつもビリで、二流大学でさえ合格がおぼつかない。

③ 山田、お前のノート、ノート（　　　　）落書き帳じゃないか。

④ 今年は平年（　　　　）暖冬で過ごしやすい。

⑤ 今日は風邪気味だったので、風呂に入る（　　　　）シャワーを浴びてすぐ寝

た。

⑥ 今日は課長が急用で休んだので、私が急遽彼（　　　　）会議の進行役を勤める羽目になってしまった。

⑦ 従来の辞書は例文が多く説明が詳しいという長所がある（　　　　）、重くて携帯に不便だという短所がある。

⑧ A氏は党内では北方領土返還問題の早期解決のために、ロシアとの直接交渉に当たる（　　　　）、水面下でも地道に努力している。

a.代わりに	b.に代わって	c.にひきかえ	d.に比べて
e.と言うより	f.一方	g.反面	h.に反して

２７．対象

2級	1級
294. に関して／に関する	300. にかかわる
295. に応えて	
296. に対して	
297. について	
298. 向きだ	
299. 向けだ	

294.〜に関して／に関する　　　　有關〜

用法：名詞＋に関して

✍：「〜について」的對象是固定、限制的，但是「〜に関して」的對象是包含有關對象的周圍的事情。稍微鄭重的說法。

➢ 明日から始まる期末試験に関して、少し注意事項を述べます。

➢ 彼の私生活に関することは、一切知りません。

➢ 川端康成に関するさまざまなエピソードをまとめた本が出版された。

➢ 昨夜、渋谷区内の路上で起きたひき逃げ事故に関して、目撃者の方がいらっしゃいましたら、最寄りの警察にご連絡ください。

295.〜にこたえて　　　　　　　　應〜的要求／響應於〜

用法：名詞＋に答えて／応えて

✍：「要望」「希望」「期待」「要求」等名詞＋こたえて。

➢ お客さんの要望に答えて、営業時間を延長した。

➢ 彼は家族の期待にこたえて、一発で東大に現役合格した。

➤ 皆様のご期待にこたえられず、お恥ずかしい限りです。

➤ 演歌歌手の森進二は、大勢の観客のアンコールの拍手に応えて、再びステージに登場した。

296. ～に対して　　　　　1. 對～　2. 與～相比

用法：名詞＋に対して

1. 對～

✍：動作對象「に」的強調表現。表示對對象的態度或感情（不滿、反對、抗議等較多）。

➤ 彼はアメリカ文化に対してあまり好意的ではない。

➤ 妊娠中のサルは仲間のサルに対してとても警戒心が強い。

➤ セラミックは熱に対して強い耐久性を持つと言われている。

2. 與～相比

✍：A是這樣。跟A相比，B是那樣之意。

陳述客觀事實。

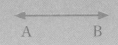

➤ 日本が基本的に単一民族国家なのに対して、アメリカは他民族国家である。

➤ 去年は台風がたくさん来て雨が多かったのに対して、今年は全然雨が降らず、深刻な水不足だ。

➤ 中国語は発音が複雑なのに対して、文法は比較的簡単で勉強しやすいと思っている人が多い。

297. 〜について　　　　　　　　　有關〜

用法：名詞＋について

✑：後文的內容是「思う」「考える」「研究する」「調べる」「知る」等
　　的思考活動。沒有像「〜に対して」那樣把對象當作相對對象的用法，
　　只有陳述單純事實而已。

➤ 今、国は公共建築物の耐震度について調査を行っている。

➤ 日本の食文化について、どう思いますか。

➤ 今度の新製品のことについて、何か知りませんか。

➤ ハッピーマンデーについて、あなたのご意見を聞かせていただけませんか。

✌　　「対して」「ついて」　　✌

{ 私は日本人の習慣について、何も知らない。　　　　　　（〇）
{ 私は日本人の習慣に対して、何も知らない。　　　　　　（×）

{ 私は日本人の習慣について、強い嫌悪感を持っている。　（×）
{ 私は日本人の習慣に対して、強い嫌悪感を持っている。　（〇）

---

298. 〜向きだ　　　　　　　　　朝〜／適合於〜

用法：名詞＋向きだ

✑：朝〜的方向或對〜適合之意。

➤ 私の部屋は西向きだから、夕方は西日が暑い。

➤ この服は生地が薄いから夏向きだ。

➤ この辞書は重くて、携帯向きじゃない。

➤ ボクシングとかラグビーとか言ったスポーツはあまり女性向きのスポーツとは
言えない。

198

299. ～向けだ　　　　　　　　針對～／爲了～

用法：名詞＋向けだ

✍：以～爲對象之意。

➢ 日本向けの主な輸出品は電子部品や農産物です。

➢ これからは高齢者向けの商売が伸びるかもしれない。

➢ 海外安全情報は海外在住の日本人向けの番組だ。

➢ これは漢字圏出身者向けに編集した教材です。

300. ～にかかわる　　　　　　　攸關～／涉及到～

用法：名詞＋に関わる／係わる

✍：攸關～。稍微鄭重的表達方式。句子的內容貶意多。

➢ 医者の仕事は人の生命にかかわる重要な仕事だ。

➢ 環境破壊がこれからの地球の将来にかかわる大問題である。

➢ 原油価格の高騰は企業の存続にかかわる問題だ。

➢ 最近、インターネットの普及で、著作権に関わるトラブルが増えてきた。

【練習問題27】

① 我が党は憲法改正案（　　　　）断固反対を表明する。

② A子：卒論、何（　　　　）書こうかな。B子、もう決めた？

　　B子：私もまだ決めてないんだ。

③ この展覧会では、日本の近代美術（　　　）さまざまな絵画や彫刻や資料など

　　が展示されている。

④ シビリアン・コントロールは、国の命運（　　　）重要な機能だ。

⑤ 最近、都市部では若い独身者（　　　）のワンルームマンションがどんどん建

てられているそうだ。

⑥ アメリカの車は大型で燃費もよくないので、あまり日本人（　　　　）じゃない
と思う。

⑦ 最近、愛犬家の要望（　　　　）、ペットの同伴可能なレストランが増えて来
た。

a.に関わる	b.に対して	c.について	d.に関する
e.に応えて	f.向け	g.向き	

練習問題解答

【練1】	【練2】	【練3】	【練4】	【練5】	【練6】	【練7】	【練8】	【練9】
① e	① g	① f	① g	① f	① e	① h	① e	① j
② h	② j	② g	② e	② h	② a	② b	② h	② b
③ a	③ i	③ k	③ d	③ g	③ b	③ g	③ b	③ g
④ f	④ d	④ h	④ c	④ i	④ g	④ c	④ a	④ e
⑤ d	⑤ c	⑤ a	⑤ b	⑤ m	⑤ h	⑤ f	⑤ f	⑤ d
⑥ b	⑥ f	⑥ c	⑥ a	⑥ d	⑥ f	⑥ d	⑥ g	⑥ i
⑦ g	⑦ e	⑦ i	⑦ f	⑦ e	⑦ d	⑦ a	⑦ d	⑦ c
⑧ c	⑧ b	⑧ j		⑧ j	⑧ c	⑧ i	⑧ c	⑧ h
	⑨ k	⑨ b		⑨ b		⑨ e		⑨ k
	⑩ h	⑩ e		⑩ c				⑩ a
	⑪ a	⑪ d		⑪ k				⑪ l
				⑫ l				⑫ f
				⑬ a				

【練10】	【練11】	【練12】	【練13】	【練14】	【練15】	【練16】	【練17】	【練18】
① b	① d	① e	① h	① g	① k	① h	① b	① o
② d	② c	② l	② i	② j	② c	② k	② f	② h
③ k	③ e	③ i	③ k	③ l	③ j	③ d	③ g	③ k
④ i	④ f	④ b	④ j	④ d	④ b	④ a	④ h	④ b
⑤ c	⑤ i	⑤ d	⑤ e	⑤ c	⑤ n	⑤ e	⑤ k	⑤ j
⑥ j	⑥ g	⑥ j	⑥ g	⑥ e	⑥ l	⑥ j	⑥ l	⑥ i
⑦ e	⑦ b	⑦ g	⑦ b	⑦ f	⑦ h	⑦ f	⑦ j	⑦ c
⑧ g	⑧ a	⑧ a	⑧ d	⑧ b	⑧ i	⑧ g	⑧ i	⑧ e
⑨ h	⑨ h	⑨ f	⑨ c	⑨ k	⑨ g	⑨ l	⑨ d	⑨ a
⑩ f		⑩ k	⑩ f	⑩ m	⑩ m	⑩ i	⑩ a	⑩ d
⑪ a		⑪ c	⑪ l	⑪ n	⑪ e	⑪ c	⑪ c	⑪ f
		⑫ h	⑫ a	⑫ h	⑫ a	⑫ b	⑫ e	⑫ l
				⑬ a	⑬ d	⑬ m		⑬ m
				⑭ i	⑭ f	⑭ n		⑭ g
								⑮ n

【練19】	【練20】	【練21】	【練22】	【練23】	【練24】	【練25】	【練26】	【練27】
① d	① b	① g	① m	① a	① k	① f	① h	① b
② b	② d	② h	② j	② l	② c	② r	② c	② c
③ a	③ f	③ i	③ l	③ h	③ d	③ m	③ e	③ d
④ c	④ h	④ f	④ a	④ g	④ h	④ q	④ d	④ a
⑤ i	⑤ g	⑤ c	⑤ b	⑤ k	⑤ g	⑤ d	⑤ a	⑤ f
⑥ h	⑥ e	⑥ e	⑥ e	⑥ e	⑥ b	⑥ a	⑥ b	⑥ g
⑦ k	⑦ c	⑦ b	⑦ c	⑦ i	⑦ a	⑦ p	⑦ g	⑦ e
⑧ e	⑧ a	⑧ a	⑧ i	⑧ d	⑧ f	⑧ b	⑧ f	
⑨ f		⑨ d	⑨ f	⑨ j	⑨ j	⑨ o		
⑩ g		⑩ j	⑩ g	⑩ b	⑩ e	⑩ i		
⑪ j			⑪ d	⑪ f	⑪ i	⑪ j		
			⑫ k	⑫ c		⑫ l		
			⑬ h			⑬ e		
						⑭ c		
						⑮ n		
						⑯ k		
						⑰ g		
						⑱ h		

【著者紹介】

　副島勉（そえじま　つとむ）

　長崎ウエスレヤン大学非常勤講師

【著作】

　《自動詞與他動詞綜合問題集》　　　　　2005年 – 鴻儒堂(共著)

　《詳解日本語能力測驗１級２級文法》　　2006年 – 鴻儒堂

　《類義表現１００與問題集》　　　　　　2008年 – 鴻儒堂(再版)

　《やさしい敬語学習》　　　　　　　　　鴻儒堂階梯日本語雜誌連載中

【参考文献】

　日本語能力試験「出題基準」〈改訂版〉－独立行政法人国際交流基金

日本語檢定考試對策
自動詞與他動詞綜合問題集
副島勉／盧月珠　共著

　　本書內容實用，由淺入深、循序漸進，並可活用
於生活和職場的實況會話。例句中譯，附練習解答，
教、學兩便。無論是初學者，或是想重新打好基礎者
皆適用，可在最短的時間內達到最大的效果。

定價：250元

日語類義表現100與問題集
副島勉　編著

　　即使是曖昧的類似語也必定存在著差異點。本書
所收錄的類似語皆為初級到中級的學習階段當中必會
遇到的詞語，以簡潔的理論記述解說，盡量採用日本
人在實際生活中使用的日語作為例文與練習問題，必
能使學習者和教師在有限的學習時間中達到最大的學
習成果！

定價：280元

國家圖書館出版品預行編目資料

詳解日本語能力測驗1級.2級文法 / 副島勉著.
─初版.─ 臺北市：鴻儒堂，民95
　　　面；公分

　　ISBN 978-957-8357-80-8(平裝)

　　1. 日本語言 – 文法

803.16　　　　　　　　　　　　　　95004652

日本語檢定考試對策
詳解 日本語能力測驗
1級・2級文法

定價：280元

2006年（民95年） 4月初版一刷
2009年（民98年） 3月初版二刷
本出版社經行政院新聞局核准登記
登記證字號：局版臺業字1292號

著　　　者：副　島　勉
發　行　所：鴻儒堂出版社
發　行　人：黃　成　業
地　　　址：台北市中正區10047開封街一段19號2樓
電　　　話：(02)2311-3810・(02)2311-3823
傳　　　真：(02)2361-2334
郵政劃撥：01553001
E-mail：hjt903@ms25.hinet.net

本書凡有缺頁、倒裝者，請逕向本社調換

鴻儒堂出版社設有網頁，歡迎多加利用
網址：http://www.hjtbook.com.tw